La Fleur

DES ANTIQUITEZ

DE LA NOBLE ET TRIUMPHANTE

VILLE ET CITÉ DE PARIS

PAR

GILLES CORROZET (1532)

PUBLIÉE

PAR LE BIBLIOPHILE JACOB

PARIS

LIBRAIRIES

LÉON WILLEM | PAUL DAFFIS
8, RUE DE VERNEUIL, 8 | 7, RUE GUÉNÉGAUD, 7

1874

COLLECTION DE DOCUMENTS

rares ou inédits

RELATIFS A L'HISTOIRE DE PARIS

~~~~~~

La Fleur
DES ANTIQUITEZ DE PARIS

1532.

La Fleur

DES ANTIQUITEZ

DE LA NOBLE ET TRIUMPHANTE

VILLE ET CITÉ DE PARIS

PAR

GILLES CORROZET (1532)

PUBLIÉE

PAR LE BIBLIOPHILE JACOB

PARIS

LIBRAIRIES:

Léon WILLEM | Paul DAFFIS
8, RUE DE VERNEUIL, 8 | 7, RUE GUÉNÉGAUD, 7

1874

PRÉFACE DE L'ÉDITEUR

O N a trop souvent confondu les deux ouvrages, absolument différents, que le libraire Gilles Corrozet a composés sur l'histoire et la description de Paris : l'un, publié pour la première fois en 1532, sous le titre de *Fleur des Antiquitez, singularitez et excellences de la plusque noble et triumphante ville et cité de Paris;* l'autre, imprimé pour la première fois en 1550, sous ce titre qui rappelle le précédent : *les Antiquitez, histoire et singularitez de Paris.*

Gilles Corrozet, en imprimant ce second ouvrage beaucoup plus complet et beaucoup meilleur que le premier, annonça, en propres termes, que c'était un livre *tout neuf* et qu'il avait « supprimé et mis à néant le petit livret par ci-devant écrit, émendant ses erreurs et fables. » L'ouvrage, publié en 1550, est donc le seul ayant autorité aux yeux des historiens de Paris, qui le citent sans cesse et qui ne font jamais mention de la *Fleur des Antiquitez*, tombée dans l'oubli et à peu près inconnue. C'est à l'ouvrage de 1550, augmenté encore par l'auteur en 1561, que Nicolas et Pierre Bonfons ont apporté des améliorations successives et considérables, qui devaient enfin aboutir à une refonte générale du livre primitif dans le *Théâtre des Antiquités de Paris*, publié par Jacques Dubreul en 1610.

Quant à la *Fleur des Antiquitez*, condamnée et *mise à néant* par l'auteur lui-même, elle était à peine citée par les bibliographes, qui ne la connaissaient pas, et, quoiqu'elle eût été réimprimée au moins huit fois, de 1532 à 1555, les exemplaires de ces éditions avaient presque tous disparu, lorsque les amateurs parisiens eurent l'idée de les chercher et la bonne fortune d'en découvrir quelques-uns. Ce petit livre, si rare et si longtemps dédaigné, est devenu un objet de haute curiosité bibliographique.

C'est, en effet, le premier ouvrage qui ait été écrit ou du moins publié sur les annales de Paris et des Parisiens : il est sans doute très-imparfait, et tout rempli d'erreurs et de fables, comme l'avouait le bon Corrozet, après l'avoir fait réimprimer huit ou dix fois ; mais il renferme cependant quelques renseignements curieux et intéressants. La liste détaillée des rues, que nous avons empruntée à l'édition de 1543, est, à elle seule, un des documents les plus importants qui existent sur la topographie de Paris à cette époque.

Nous avons jugé utile de réimprimer textuellement la *Fleur des Antiquitez*, d'après la seconde édition de 1532, presque conforme à la première à l'égard du texte, qui s'y trouve pourtant corrigé, avec une meilleure orthographe. Il nous a paru nécessaire de signaler, dans l'Appendice, la différence qui existe entre les deux éditions, en recueillant les principales variantes de la première, sans tenir compte néanmoins des fautes d'impression. On aura ainsi sous les yeux le texte comparé de ces deux éditions également rarissimes.

Voici, d'après le *Manuel du libraire*, mais

avec quelques augmentations et corrections, la liste des éditions connues de la *Fleur des Antiquitez de Paris,* de Gilles Corrozet :

« La *Fleur des Antiquitez,* singularitez et excellences de la plusque noble et triumphante ville cite de Paris, capitalle du Royaulme de France. Auec ce, la genealogie du Roy Francoys premier de ce nom. *On les vend au premier pillier de la grant salle du palays. Par Denys Janot. Cum priuilegio.* » In-16 de 8 ff. prélim. et 63 ff. chiffrés, caractères semi-gothiques, 19 lign. à la page.

Le privilége, daté du 19 mars 1531 et signé J. Morin, permet à Nicolas Savetier, imprimeur, d'imprimer et de vendre ce petit livre. L'auteur se nomme dans le sommaire de l'épître dédicatoire *Aux illustres et notables bourgeoys et citoyens de la ville de Paris.* La date de 1532 se lit sur le recto du dernier feuillet, au verso duquel est la marque du libraire Denis Janot.

En regard du premier feuillet, on remarque une gravure sur bois, assez bien exécutée, qui représente *Vergilius* montrant à *Mecenas* (les deux noms sont inscrits sur des banderolles) un arbre autour duquel s'enlace une vigne chargée de grappes de raisin.

La date du privilége a fait supposer l'existence d'une édition de 1531, par des bibliographes qui n'ont pas réfléchi que, l'année commençant alors à Pâques, cette date du 19 mars 1531 se rapportait réellement à l'année 1532.

On ne connaît que trois ou quatre exemplaires de cette première édition; notamment celui de la Bibliothèque nationale et celui que possède M. Bonnardot.

« La Fleur des Antiquitez, singularites, et excellences de la noble et triumphante ville et cite de Paris, capitalle du royaulme de France : adioustées oultre la premiere impresession (*sic*) plusieurs singularitez estans en ladicte ville. Auec la genealogie du roy Francoys premier de ce nom. *On les vend à Paris, au premier pillier de la grant salle du Palais, par Galiot du Pré.* 1532. » In-16 de 71 ff. chiffrés. (Le chiffre 8 manque.)

Cette édition contient quelques additions et un petit nombre de corrections, outre la *liste des rues, eglises, etc.,* de Paris, qui commence au folio 54.

Cette édition est presque aussi rare que la première ; c'est celle que nous avons cru devoir reproduire textuellement, en y ajoutant les variantes de la première édition.

« La Fleur des Antiquitez, singularitez et excellence (*sic*) de la noble et triumphante ville et citée (*sic*) de Paris, capitalle du royaulme de France, adiousté oultre la premiere impresession (*sic*) plusieurs singuları tez éstant dans ladicte ville. Auec la genea logie du Roy Francoys premier de nom. 1533 *imprimé* (à Paris). » — On lit au dernier feuillet : *Ce present traicte a este acheue le septiesme iour de mars mil cinq cens trente troys, par Guillaume de Bosso¿el demeurant a la grant rue Sainct Iasques* (sic), *au chasteau rouge pres les Mathurins.* In-16 de 47 ff., lettres rondes semi-italiques.

La date du 7 mars 1533, annonçant la fin de l'impression, se rapporte à l'année 1534 de notre calendrier.

« La Fleur des antiquitez, singularites et excellences de la noble et triumphante ville e t cite de Paris, capitalle du royaulme de France : adioustees oultre la premiere impression plusieurs singularitez éstans en ladicte ville. Auec la genealogie du roy Francoys premier de ce nom. *On les vend en la rue neufue Nostre Dame a lenseigne Sainct Nicolas. 1534.* » — On lit à la fin cette suscription: *Fin des Antiquitez et excellences de la ville de Paris, des noms des rues, eglises et colleges dicelle ville : auec la Genealogie du noble roy Francoys : Imprime nouuellement a Paris, par Denis Ianot, pour Pierre Sergent et Iehan Longis libraires.* » Pet. in-8, titre rouge et noir.

Cette édition, citée par Panzer, (tome XI, pag. 492), se trouvait dans la bibliothèque de Secousse. On ne connaît que l'exemplaire appartenant à M. G. de Villeneuve.

« La Fleur des Antiquitez, singularitez et excellences de la noble et triumphante ville et cite de Paris, capitalle du royaulme de France. Avec la genealogie du roy Francoys premier de ce nom. De nouueau adiousté plusieurs singularites dont le contenu pourrés veoir en tournant le fueillet. *On les vend a Paris en la rue neufue Nostre Dame, a lenseigne Sainct Nicolas.* M.D.XXXV. » In-16 de 51 ff., caractères ronds.

Cette édition a beaucoup d'analogie avec
la seconde et la troisième.

« La Fleur des antiquitez, singularitez et
excellences de la plusque noble et triumphante ville et cité de Paris, capitalle du
royaulme de France. Auec ce, la genealogie
du roy Françoys premier de ce nom. De nouueau ont esté adioustées (*sic*) le nombre des
eglises, chappelles et colleges, auec le nombre
des rues et ruelles, auec leurs aboutissans
tant d'un coste que d'autres, marquez chascun a son endroict. Aussi pareillement y
est adiouste le contenu de la despence que
une personne peult faire par an et par iour.
*On les vend a Paris, en la rue neufue Nos-
tre Dame, a lenseigne Sainct Nicolas, par
Pierre Sergent.* M.D.XLIII. » In-16 de 80 ff.
chiffrés, caractères rondes.

Cette édition, que M. le baron Jérôme
Pichon a soigneusement décrite dans le
Bulletin du Bibliophile (année 1845, pag.
481 et suiv.), contient, à partir du feuillet 34, une nouvelle liste très-détaillée des
rues de Paris, avec leurs tenants et aboutissants, y compris l'indication des églises, chapelles, colléges et autres lieux remarquables.

Gilles Corrozet, qui remania et transforma son livre pour le réimprimer en 1550, n'a pas conservé cette précieuse liste des rues, que nous avons donnée comme un appendice nécessaire à la *Fleur des Antiquitez*, en la corrigeant sur l'édition suivante, où elle a paru pour la dernière fois.

« Les Antiquitez et singularitez excellentes de la Ville, Cité et Vniuersité de Paris, Capitale du Royaume de France. Plus y ont esté adioustées plusieurs autres singularitez, ainsi que pourrez veoir en l'autre costé de ce fueillet. *A Paris, de l'imprimerie de Nicolas Chrestien, demourant en la rue neufue nostre dame à l'Escu de France.* 1555. » In-16 de 64 ff. chiffrés, avec une gravure en bois sur le titre, représentant Paris.

Cette édition, qui reproduit la précédente avec un très-petit nombre de corrections, paraît avoir été faite par un nouvel éditeur, car la devise de Gilles Corrozet: *Plus que moins,* a été remplacée par celle-ci: *Tout se passe,* imprimée au verso du titre, au-dessous de ce quatrain *Aux lecteurs.*

Ce que i'ay peu, o gratieux lecteurs,
      Comprendre en lisant cestuy liure
Gilles Corrozet tres subtil acteur
      De bon cueur vous presente son liure.

Enfin, nous avons vu une reproduction presque identique de cette édition, mais sans date.

On doit présumer que nous ne connaissons pas encore toutes les éditions de la *Fleur des Antiquitez*. « Il est probable, dit M. le baron Jérôme Pichon dans sa savante notice sur l'édition de 1543, que la *Fleur des antiquitez de Paris* a été encore réimprimée entre 1535 et 1543. » Nous pensons qu'elle le fut aussi, de 1543 à 1550; avant que Gilles Corrozet eût fait un ouvrage entièrement nouveau, trois fois plus étendu que le premier, qui ne pouvait pas lui survivre.

Gilles Corrozet, né à Paris le 4 juillet 1510, n'avait reçu aucune éducation universitaire, et, par conséquent, il ne put devenir libraire qu'après s'être fait lui-même une instruction qui lui permit de passer des examens et d'être admis dans la librairie parisienne. « Celui-ci, dit La Croix du Maine dans sa *Bibliothèque francoise*, encore qu'il n'eust esté entretenu aux estudes, toutesfois ayant un grand ju-

gement et esprit esmerveillable, il n'a laissé
d'apprendre les langues latine, italienne et
espagnole, et se voyent tant de son inven-
tion que de sa traduction plusieurs livres que
luy-mesme a imprimés. » Cette manière
d'apprendre les langues, sans avoir été écolier
de l'université de Paris et sans avoir voyagé
en Espagne et en Italie, nous a permis de
supposer que Gilles Corrozet était d'abord,
de son métier, conducteur et *cicerone* des
étrangers dans la ville de Paris. Ce serait là,
suivant toute probabilité, ce qui l'aurait en-
gagé à composer la *Fleur des Antiquitez de
Paris,* pour l'usage de ces étrangers aux-
quels il faisait voir les *singularités* et les
excellences de la capitale. On ne s'explique
pas autrement les réimpressions réitérées de
ce petit ouvrage, qui n'était qu'un *guide,*
surtout lórsqu'on y eut ajouté dans l'édition
de 1543 *le nombre des églises, chapelles et
colléges, avec le nombre des rues et ruelles
avec leurs aboutissants.* Il est certain que
cette liste detaillée des rues n'a été faite que
pour servir à guider les personnes qui ne
connaissaient pas Paris et qui voulaient s'y
diriger seules sans être accompagnées.

Les étrangers qui visitaient alors la France

et sa capitale étaient des Espagnols et des
Italiens plutôt que des Allemands ; le guide
qui se chargeait de les conduire dans la ville
devait donc savoir parler italien et espagnol;
en parlant latin, il se faisait comprendre des
Allemands, des Polonais et des Hollandais.
Voilà comment Gilles Corrozet s'était fami-
liarisé de bonne heure avec les trois langues
qui étaient les plus utiles à sa profession.
Gilles Corrozet avait, à cette époque, une telle
notoriété comme auteur de la *Fleur des Antiquitez de Paris*, que le grand plan figuré
de cette ville, découvert récemment à la Bibliothèque de Bâle, par M. Jules Cousin,
bibliothécaire de la ville de Paris, n'a pas
d'autre légende que des vers signés du nom
de notre premier historiographe parisien. Un
autre rapprochement historique pourra don-
ner encore quelque appui à la supposition,
qui nous fait chercher dans la *Fleur des
Antiquitez de Paris* un manuel destiné surtout à l'usage des étrangers. C'est en vue des
voyageurs de tous les pays, que Gilles Corrozet avait composé un autre livre, du même
genre, qui a été souvent réimprimé simulta-
nément avec la *Fleur des Antiquitez*. Ce livre
est intitulé : *Les Antiques erections des*

Gaules, compendieuse et brieue description des fondations des villes et citez assises aux trois Gaules, etc. (Paris, 1531, in-16, fig. en bois). Enfin, nous attribuerons à Gilles Corrozet un ouvrage plus technique, qui fut imprimé par son ami Charles Estienne, imprimeur du roi, en 1552 : *la Guide des Chemins de France*, et qui eut un grand nombre d'éditions.

Gilles Corrozet, avant de se faire recevoir libraire, avait fait paraître plusieurs ouvrages en prose et en vers ; il aimait la poésie et il la cultivait comme un délassement agréable. Michel d'Amboise a placé, en tête du recueil de ses œuvres poétiques (*le Babilon, aultrement la Confusion de l'Esclave fortuné*, 1535), une épître que Gilles Corrozet, son ami et son admirateur enthousiate, lui avait adressée vers 1529. Gilles Corrozet, dans cette épître où il glorifie l'*Esclave fortuné*, fait bon marché de ses propres ouvrages :

Ce que je fais, c'est bien petite chouse
Pres de cela que tu faiz et compouse,
Et si mes faitz estoient si dispousez
A bruyt auoir, que les tiens compousez,
Ce bel laurier qu'aux poetes l'on donne
Dessus leur teste en façon de couronne,

J'endurerois estre mis sur ma teste,
Mais pour l'auoir ie suis trop rude beste :
Telle couronne et ornement inclite
Laisse pour toy qui trop mieulx le merite.

Il est inutile d'énumérer ici les nombreux
ouvrages et opuscules qui ont été composés par Gilles Corrozet, sinon publiés par
lui, car la plupart de ces publications n'ont
pas été mises en vente dans sa boutique de
libraire ; nous ne croyons pas même qu'il
en ait fait les frais ; plusieurs sont sorties des
presses lyonnaises, et celles qui furent im-
primées à Paris ne portent pas toujours son
nom. Cependant on peut remarquer que
Gilles Corrozet semble avoir eu pour spécia-
lité de compiler des recueils d'apophthegmes,
de sentences, de proverbes, de propos mémo-
rables, des exemples, etc., genre de livres
mnémotechniques qui convenaient surtout à
des étrangers. Ainsi, nous reconnaissons à
cette espèce de littérature cosmopolite la
clientèle ordinaire qui devait fréquenter la
boutique de Gilles Corrozet, où l'on trouvait
à qui parler en espagnol, en italien et en
latin.

En sa qualité d'historien des antiquités
et singularités de Paris, Gilles Corrozet se

croyait autorisé à célébrer en vers de circonstance les événements qui préoccupaient l'attention publique ; il était encore historien de Paris, lorsqu'il faisait imprimer, en feuilles volantes ou brochures couvertes de papier de couleur, la *Triste elegie ou deploration lamentant le trespas de Francoys de Valoys, duc de Bretagne, filz aisné du roy Francoys premier*, 1536 ; *Deploration sur le trespas de tresnoble princesse Madame Magdelaine de France, royne d'Escosse*, 1537 ; *le Cry de joye des Francoys pour la delivrance du pape Clement septiesme de ce nom*, 1528 ; *le Temple de paix faict à la louenge du Couronnement de Madame Alienor, royne de France ; le Triumphe des Francoys sur la confusion et fuyte de l'Empereur, Espagnols et Bourgoignons ; le Retour de la Paix*, 1540 ; *les Chants royaux pour le may de Nostre-Dame ; les Regrets et complaincte de Nicolas Clereau*, etc. On a tout lieu de croire que ces petits livrets étaient faits pour être vendus dans les rues, dans les marchés et dans les foires.

Nous avons constaté que, dès l'année 1536, Gilles Corrozet avait une boutique de libraire dans la grand'salle du Palais. En cette même

année, il imprimait lui-même, de concert
avec son associé Jean André, les *Epitaphes
sur le trespas de messire Robert de la Marche, seigneur de Florenges, marechal de
France.* En 1555, suivant Lottin (*Catalogue
chronologique des libraires et imprimeurs
de Paris*, 1780), il était officier de la Librairie. Sa marque de libraire représentait une
main dans un nuage, tenant un cor au milieu
duquel s'épanouissait une rose, par allusion
à son nom (*cor, rozet*), avec cette inscription
sur une banderolle: *In corde prudentis re-
quiescit sapientia* (PROVERBIORUM 14).

Cette inscription nous induit à penser que
Gilles Corrozet était attaché secrètement aux
idées nouvelles de la Réforme. Il a publié,
en effet, un certain nombre de livrets en
prose et en vers, qui ont le caractère *calvini-
que.* Ce sont des instructions morales tirées
de l'Écriture Sainte et surtout de l'Évangile.
On peut dire, à coup sûr, que des opuscules
de cette espèce, publiés du temps de Fran-
çois Ier, étaient inspirés presque toujours par
une sympathie religieuse pour les doctrines
de Calvin.

Gilles Corrozet, qui avait épousé une fille
de Galiot du Pré, laissa un fils, libraire

comme lui, et dont les tendances calvinistes
sont indiquées par la nature de ses publications, entre lesquelles il faut distinguer plusieurs ouvrages posthumes de Gilles Corrozet.
Ce dernier était mort, le 4 juillet 1568, à
l'âge de 58 ans environ. Il fut inhumé dans
le cloître des Carmes de la place Maubert, où
l'on voyait encore sa tombe avant la Ré-
volution. Les historiens de Paris, par respect
pour sa mémoire, ont recueilli l'épitaphe de
leur vieux devancier :

> L'an mil cinq cens soixante et huit,
> A cinq heures deuant minuit,
> Le quatriesme de juillet,
> Deceda Gilles Corrozet,
> Agé de cinquante-huit ans,
> Qui libraire estoit en son tems.
> Son corps repose en ce lieu-cy :
> A l'âme Dieu fasse mercy !

P.-L. Jacob,
bibliophile.

LA FLEUR DES AN-

tiquite₃, singularites, et excellences
de la noble et triumphante ville et cite
de Paris, capitalle du royaulme
de France, adjoustees oul-
tre la premiere im-
pression plu-
sieurs sin-
gu-
larite₃ e-
stans en ladicte
ville. Avec la genea-
logie du roy Fran-
coys premier de ce
nom.

On les vend a Paris au premier
pillier de la grant salle du Palais, par
Galiot du Pre.

1532.

Aux illustres et notables bourgeoys
et citoyens de la uille de Paris,
Gilles Corrozet donne salut.

Nobles bourgeoys, source Grecque
[*ou Troyenne,*
Francz citoyens de Paris lancienne,
Au parauant appellee Luthesse,
Et puis Paris par tiltre de haultesse.
Iay propose comme amour patrialle
Ma incite par volunte loyalle,
De reciter les singularitez
Cas triumphans et les antiquitez
Dicelluy lieu et cite tres exquise
Qui a en soy mainte noblesse acquise.
Ie descripray sans nulle fiction
Son origine et sa fondation
En alleguant les opinions toutes

Des orateurs, pour mieulz oster les doubtes.
Et si diray comme fut habitee
Celle cite et des siens augmentee
Qui sont yssus non de basse foiblesse
Mais pour tout vray de la plus grant no-
Qui fut jamais dens le pays Dasie,   [blesse
Lesquelz depuis ont Leuroppe saisie.
Ceulx estes vous a qui presente et liure
Tres humblement cestuy mien petit liure
Dedens lequel on peult maintz faictz com-
                                    [prendre
Vous suppliant que en gre le vueillez pren-
                                    [dre.

Plus que moins.

PROLOGUE.

ATURELLEMENT tout homme est enclin, voire quasi oultre son gre contrainct a aymer et honnorer le lieu et la place en laquelle il a prinse sa premiere naissance. Et au moyen de lorigine et procreation quil a audict lieu prinse, il est veu estre debiteur pour celluy cas a son pays de tout honneur, gloire, et louenge. Nous sommes doncques esmeuz a plus auoir daffection et porter faueur et dilection a nostre pays que aux estranges. Quil soit ainsi, nous voyons que les bestes brutes et sauluaiges plus se ayment et desirent dedens les boys et forestz ou elles ont este nees et nourries que non pas es citez et lieux que point ilz nont acoustumez. Par plus forte raison, nous ne debuons tant seulement aymer nostre

pays, mais celluy debuons deffendre et sous-
tenir en ensuyuant du saige Caton la sen-
tence qui en son liure dict, *pugna pro patria.*
Si doncques a ce sommes tenuz et obligez,
qui est entre les vertueux actes tres estime, ce
nest moindre vertu a lhomme de coucher par
escript les actes et faictz dignes de memoire,
lesquelz par laps de temps sont advenuz en
sa cite et pays. Ce congnoissant ay entreprins
a reciter et amplement descripre les opinions
des aucteurs qui ont traicte et escript la
construction et fondation de la ville de Paris,
qui est le lieu de ma natiuite. Puis ensuuyray
toutes les choses fort louables par les princes
et roys en Paris acomplies, et tous les ediffices par eulx faictz depuis le temps quelle
fut premierement habitee, iusques au temps
du treschrestien roy de France, Francoys
premier de ce nom, avec certains epigram-
mes en metres que iay chascun en son lieu
apposez, pour en auoir plus grant memoire
et souuenance.

DE LA FONDATION ET AN-
tiquite de la Ville et Cite de
Paris.

OUR amplement declairer la verite de la construction et fondation de la Ville et Cite de Paris, sont trouuees plusieurs et diverses opinions racomptees par divers aucteurs. Plusieurs sont qui sesbahissent comme dune telle et si noble ville on ne trouue par escript plus amplement la verite de son fondateur et le nom dicelluy, ensemble la dacte du temps quelle fut premierement habitee. On peult respondre a ceste question que les Francois desirans lexercice des armes

ont prins seulement plaisir audit art mili-
taire, et ne se sont occupez a mettre par
escript les aduentures et fortunes des
royaulmes, citez, et villes. Pareillement
des batailles et guerres par eulx faictes et
conduictes, comme ont faict les autres nations, et sur tous aultres les Romains,
desquelz il estoit plus descripuains que de
capitaines et gens de guerre. Pour la premiere opinion doncques de la fondation
de la ville de Paris, Jehan le Maire de
Belges en ses Illustrations suyvant Mane-
thon Degypte, dict que du temps que
Erictonius regnoit sur les Frigiens, ou
Troiens, dominoit au royaulme de Gaulle,
Paris filz de Romus dix-huytiesme roy
des Gaulloys et Francois, descendu succes-
siuement de Samothes surnomme Dis, filz
de Iaphet, lequel Dis fut premier Saturne
et roy de Gaulle. Celluy Paris (comme
recite ledit aucteur) donna premierement
le nom a la noble ville et cite de Paris,
laquelle iusques au iourdhuy porte son
nom, et fut le premier fondateur et instaurateur dicelle. Enuiron soixante et dix ans

apres la premiere fondation de Troye par Dardanus, qui est depuis le deluge neuf cens ans, deuant que Romulus instaurast et edifiast Romme quatre cens quatre vingtz dixhuyct ans, et auant Lincarnation de nostre seigneur IESUCHRIST quatorze cens dixsept ans. Cest la premiere construction tresantique de ceste ville de Paris capitalle du royaulme de France, Vniversite destudes, et college de toutes sciences au iourdhuy plus que mille Rommes, et mille Athenes, en tous arts et facultez florissante et estimee. De laquelle construction iay faict les vers et metres qui sensuyuent.

Celle cite qui Paris est nommee
En diuers lieux et pays renommee
Ville de pris et de noblesse antique.
Seiour plaisant et Palais autentique,
Siege des Roys, maison tres honoree,
Premierement fut faicte et instauree
De par Paris dix et huytiesme Roy
Sur les Gaullois regnant en riche arroy
Mil quatre cens dix et sept ans quon erre
Auant que dieu vint prendre chair en terre.

Lautre opinion est telle. Baptiste Man-
tuan en vng liure quil a faict des gestes de
monseigneur sainct Denys, dit que quant
Hercules passa et se transporta au pays
Despaigne aux iardins des dames Hespe-
rides filles de Athlas es quelz jardins
estoient et croissoient les arbres et pom-
miers tous chargez et semez de belles
pommes dor, lesquelz estoient gardez par
ung cruel Dragon que icelluy Hercules
vainquit et occit. Celluy Hercules passa
par le royaulme de Gaulle, et arriva en
une Isle assise en bel aer sur la riuiere de
Seine, ou est de present la Cite de Paris.
Auquel lieu il print si grant plaisir et
delectation pour lamenite, serenite, et
fruition de ladicte isle, que il y commenca
a ediffier et bastir plusieurs maisons et
habitations. Puis voulant passer oultre
pour parfaire ses entreprinses et conquestes, laissa en ladicte Isle une bende et
compaignie de ses gens darmes et vassaulx
qui Parrasiens estoient nommez selon le
nom de leur pays, qui est en Grece du
coste de Asie Parasia nommee. Iceulx

Parrasiens en ce lieu leur nom delaisse-
rent, et en mutation de A en I, les habi-
tans de ladicte isle et cite ont este et encores
sont dictz et appellez Parisiens.

Iceulx Parrasiens doncques commencerent a ediffier en ceste isle soubz bon et
prospere horoscope ceste noble cite de
Paris, et y perpetuerent leur nom, en sorte
que iusques auiourdhuy elle a este et est
encores nommee Paris. De ceste habitation premiere faicte par les dessusdictz
Parrasiens, pour en auoir memoire, iay
faict les vers qui cy apres sensuyuent.

> Hercules en Gaulle passant
> Trouua une Isle dedens Seine,
> Et en ce lieu rafreschissant
> Ses gens comme bon cappitaine,
> Dediffier print grosse peine
> Y laissant les Parrasiens,
> Qui depuis en gloire haultaine
> Furent nommez Parisiens.

DE ladicte cite de Paris le poete Archi-
tenius a faict plusieurs beaulx mettres
Latins ainsi que Baptista pius le tesmoigne

en ses Annotations au chapitre soixante troisiesme, quant il dict :

Altera regia phœbi.
Parisius Cyrrea viris, Crisea metallis.
Græca libris, Inda studiis, Romana poetis,
Attica terra sophis, mundi rosa, balsamus orbis.
Sidonis ornatu, sua mensis, et sua potu.
Diues agris, fœcunda mero, mansueta colonis.
Messe ferax, inoperta rubis, nemorosa racemis.
Plena feris, piscosa lacu, volucrosa fluentis.
Munda domo, fortis domino, pia regibus, aethra
Dulcis, amœna situ. bona quælibet, omne venus-
                                              [tum.
Omne bonum, si sola bonis fortuna faueret.

Lesquelz vers Latins iay translatez en rithme Francoise, comme sensuyt.

Paris pour vray est la maison Royale
Du dieu Phœbus en splendeur radiale.
Cest Cyrrhea pleine de bons espritz,
Tresuigoureux, faisans diuers escriptz.
Cest Chrysea en metaulx habondante,
Grece de pris en liures florissante.
Inde en estude, et en Poetes Romme,
Athenes lors en maint tressauant homme.
Rozier mondain, baulme du firmament

Universel, de Sidon lornement.
Tres habondante en vivres et breuuaiges,
Riche en beaulx champs et fluuieulx riuaiges,
Fecunde en vin, doulce en ses Citoyens,
Fertille en ble et en maintz aultres biens,
Vuyde en buyssons et de haultz bois peuplee,
Vignes y sont et la treille accouplee.
Cest la forest pleine de venaison,
Lac a poisson en tout temps et saison.
Du fleuve doulx de Seine toute enceincte,
En son manoir tresnette, pure et saincte,
Forte au seigneur, a ses roys amyable,
Doulce en son aer, dassiette delectable.
Bref en Paris est toute honnestete.
Tout bien y sourt tant yuer comme este.
Si sa faveur luy octroie fortune,
En tous ses biens sans luy estre importune.

L AUTRE opinion comment la ville de Paris fut nommee. Aulcuns dient que pres dicelle ou lieu quon dit sainct Germain des Prez estoit ung temple dedie à une Idole de la deesse ysis laquelle selon Jehan le Maire fut royne Degypte, et femme du grant Osiris surnomme Jupiter le juste, et dit que la statue dicelle est veue audit lieu de sainct Germain des Prez, laquelle

chose est vraye, car plusieurs de nostre
temps lont veue, et estoit la statue fort
grande, laquelle vulgairement estoit appellee lidole sainct Germain et depuis peu
de temps elle a este ostee et mussee. Et
dient iceulx que a cause que ladicte cite
estoit si prochainé dudict temple quelle
fut nommee Paris, quasi *juxta ysis* (qui
est a dire jouxte et pres de la deesse ysis).
Les autres ont dit que ladicte deesse estoit
veneree a Meleun qui a ceste cause estoit
nommee yseos, et pource que la dicte
cite de Paris est quasi semblable a celle
cite de Melun, tant a lassiete de la cite
entre deux eaues comme de la ville, quelle
fut a ceste cause appellee Paris, quasi *par
Isis*, cest a dire pareille a celle cite Diseos,
qui depuis fut Melun appellee, quasi mille
et ung, pource quil y avoit ia mille et ung
an quelle auoit este premierement fondee
quant le nom luy fut donne. Iseos est en
France situee du nom Disis, qui de nom
fut muee des ans apres son bastiment
mille ung. Et pour cela on lappelle Melun.

L A derniere opinion et la plus certaine de toutes, est telle comme sensuyt. Tous les Historiens saccordent que pour liniure perpetree par Paris Alexandre filz du Roy Priam de Troye, en ravissant la belle Helene femme de Menelaus roy de Lacedemone, tous les princes et roys de Grece sassemblerent devant Troye, et tindrent le siege dix ans tant que a la fin elle fut par eulx prinse et reduicte en cendre, et fut le roy Priam occis apres tous ses enfans. Maistre Hugues de sainct Victor et celluy qui fist les croniques de France, et la division du monde qui sappelle In exordio rerum, racomptent de la naissance des Francois en ceste maniere, et dient que Francion filz de Hector de Troye, et Turcus qui fut filz de Troilus, filz du grant roy Priam, apres la destruction dicelle ville sen fuyrent et eschapperent auecques grande multitude de nefz et de gens darmes, et se diviserent en deux parties, dont les ungz suyuirent Francion, et les aultres Turcus.

Turcus vint en Scythe, et y print son

habitation, et de luy sont les Turcz descenduz. Et Francion arriva en Hongrie,
ou Pannonie la basse, et y ediffia une Cite
de grant pris nommee Sicambre du coste
des paluz ou marestz meothides que rem-
plit le fleuve Tanais, et fut au temps que
Dauid regnoit en Israel. Quant les Troyens
eurent demoure long temps en ceste cite,
pource que leur peuple tousjours croissoit
et multiplioit en sorte que leur terre nestoit assez grande pour y habiter, deux cens
trente ans apres la fondation de ladicte
cite de Sicambre, se partirent de la enuiron vingt et deux mille hommes soubz la
conduicte dung duc Troyen nomme ybros
pour querir lieu convenable ou ilz peussent
habiter. Et passerent la Germanie et le
fleuve du Rhin, et entrerent en Gaulle,
tant quilz vindrent jusques sur la riviere
de Seine, et adviserent le lieu ou de present
est situe la ville de Paris. Et pource quilz
le veirent gras, habondant, delectable,
plantureux, et bien assis pour y habiter.
Semblablement que lisle estoit assise en
tres bel et doulx aer. Ilz y fonderent et

ediffierent une cite, laquelle ilz appellerent
Luthesse, *a luto*, cest a dire boue ou
gresse de terre, pource que ladicte isle
estoit remplie de toute fertilite. Celle cite
fut ediffiee au temps de Amasie roy de
Juda, et de Hicroboam roy de Israel VIII
cens et XXX ans avant lincarnation de
nostre seigneur IESUCHRIST. Deslors
sappellerent Parisiens pour lhonneur et
recordation de Paris filz de Priam roy de
Troye, ou par ce terme Parisia en grec
qui vault autant a dire comme hardiesse
en latin. A quoy saccorde Guillelmus Ar-
moritanus en sa cronique quil fist de Philippes le Hardi, roy de France, laquelle
cronique est appellee Philippica, ou il dict
ainsi par ung metre,

Et se Parisios dixerunt nomine
Franci : Quod sonat audaces?

Qui est à dire :

Parisiens ces Francois se nommerent.
Et par ce nom trespreux ilz sestimerent.

Deslors aussi ediffierent a lentour de Paris plusieurs villes quilz nommerent de ce nom Parisi, comme Ruel en Parisi, qui fut chasteau royal, et chef de Chastellenie, Cormeilles, Louures, Villeroy, Roissy : qui toutes furent nommees en Parisi. Et encores en retiennent le nom iusques au iourdhuy. Et quant leurs villes furent parfaictes et acomplies, ilz vesquirent franchement faisans leurs labeurs, mestiers, et marchandises plus de huyt cens ans, elisans tous les ans saiges hommes et prudens pour leurs conseillers, ducz, et gouverneurs de leur chose publique, lesquelz nauoient seulement que obeissance et nom de ducz. Et apres aucun temps que Romme commenca a florir et resplendir en puissance, ilz furent subiectz aux Rommains a payer chascun an certain tribut, et ainsi longtemps demourerent. Et portoient lesdictz Parisiens leurs enseignes de gueulles a ung pal dor qui avoit este le blason des armes de Paris de Troye, ainsi que recite maistre Nicole Gilles en ces Annalles de France.

Deux cens trente ans apres que les Troyens
Eurent basty les murs Sicambriens
Desoubz ybros en nombre se partirent,
Vingt et deux mil qui vers les Gaulles tirent
Et vindrent lors sur le fleuve de Seine
A gros travail et angoisseuse peine,
Dedens une Isle une cite fonderent
Ou en tout bien et richesse habonderent :
Ceste cite Luthesse fut nommee
Cite de pris, dhonneur et renommee,
Et des ce temps adonc ilz se nommerent
Parisiens : et leurs armes porterent
Comme Paris en champ de gueulles faictes
Et ung pal dor pour leurs armes parfaictes
Ediffians plusieurs petites villes
Sans estre adonc a nulz seigneurs seruilles.

APRES avoir recite les opinions touchant
la fondation de la cite de Paris, reste
a parler de son eslargissement, et comment elle fut depuis habitee et amplifiee.
Et pour demonstrer plus clerement son
antiquite, on la peult prouuer par le tes-
moignaige de Julius Cesar au liure quil a
faict de ses conquestes et batailles de
Gaulle, ouquel liure est faicte mention que
quant ledict Julius Cesar vint pour con-

quester ce pays de France comme empereur des Rommains, la cite de Paris estoit
lors habitee de gens grans et puissans, qui
Parisiens sappelloient et tenoient le lieu
ou de present est la cite, laquelle estoit si
forte pour lors, et estoit tellement fermee
deaue, que luy mesme tesmoigne que lon
ny pouoit passer.

Or advint comme Labienus lieutenant
de Cesar faisoit siege devant ladicte cite
(lequel siege fut le premier comme il est a
presumer) et que lesdictz Parisiens sestoient
retraictz en la cite avecques leur capitaine
nomme Camulogenus. Ledict Labienus
voyant quil se parforcoit en vain a cause
des marestz qui luy nuysoient dung coste,
et que de lautre part les Parisiens gar-
doient contre luy le passage, il sadvisa de
prendre Melun et le print. Et par ce fut
seigneur de la riviere, et pouoit venir
assaillir de quelque part quil vouloit, dont
les Parisiens furent fort marriz. Lors
Camulogenus commanda rompre les pontz
de Paris et brusler la cite, ce que fut faict:
et se vint parquer vers Charenton vis a vis

des tentes de Labienus, qui de lautre part
de leau estoit : lequel voyant quil ne
pouoit riens faire, la nuyct prochaine fit
semblant de fuir, et se retira passant la
riuiere en trois lieux en faisant grant
bruict, de laquelle chose adverti Camulogenus donna couraige aux Parisiens faisant de leur ost trois parties et poursuyvirent ledict Labienus, lequel par ses
embusches les enclouit et desconfit avecques
leur capitaine Camulogenus, qui en ceste
rencontre fut occis. Et les fit tributaires
des Rommains. Toutes fois nentra il point
dedens Paris a force, mais par subtilite et
cautelle : car oncques homme ne la print
ny entra dedens par forces. Ainsi fut la
cite de Paris premierement assiegee et
prinse, comme plus a plein est recite au
septiesme livre desdictz commentaires
Cesar des batailles de Gaulle.

> Deuant Paris donna maintz bons alarmes
> Labienus avec ses preux gensdarmes
> Et lassiega, mais puis par sa finesse
> Se retira, parquoy ceulx de Luthesse
> Virilement icelluy poursuyuirent.

Lors les Rom mains les Gaullois desconfirent,
Et dessus eulx tourna ladversite
Dont par Cesar fut prinse leur cite.

P OUR comfermer ce qui est dict, il est
escript au sixiesme livre desdictz commentaires que Julius Cesar mist et transporta son conseil en la cite de Luthesse,
qui est Paris, et que les Parisiens estoient
voisins de ceulx de Sens, lesquelles deux
citez dantiquite auoient tousjours este
alliees ensemble, en sorte que les ungz
donnoient secours aux aultres. Encores
dict il au septiesme livre que Luthesse
estoit assise en une isle au meillieu du
fleuve de Seine en la Gaulle Celtique et
prouince de Sens, prochaine des villes de
Beauuais, de Prouins, et de Melun, de
long temps construicte par ceulx de ladicte
cite nommez Parisiens, lesquelz contre
ledict Cesar sallierent tousjours de ceulx
de Chartres et de Sens. Parquoy il appert
que Paris est de tresgrande antiquite, et
ce contrarie a aulcuns qui contre verite
dient que Paris fut ediffiee par les Fran·

cois apres quilz eurent este dechassez par
lempereur Valentinian de leur cite de
Sicambre, ce qui est faulx, veu que Cesar
en faict mention en ses conquestes, lequel
preceda ledict Valentinian plus de quatre
cens ans. Il est bien vray que les Troyens
apres quilz eurent laisse Sicambre par
leffort que leur fit ledict Valentinian, ilz
sespandirent par la Germanie sur le fleuve
du Rhin, contre lesquelz l'empereur
Theodosius enuoya grande compaignie de
Rommains, lesquelz furent par lesdicts
Sicambriens desconfitz, et apres ladicte
desconfiture, une bende desdictz Sicambriens auec leur duc nomme ybros, passerent en Gaulle, et arriuerent en la cite
de Luthesse quilz embellirent moult et la
fortifierent unze centz cinquante huyct ans
apres sa fondation. Et pource que ilz con-
gneurent quilz estoient descenduz dune
mesme nation, ilz habiterent ensemble
soubz ung mesme duc, cest assavoir le dessusdict ybros, lequel commenca a seigneu-
rier sur eulx comme duc. Lan de grace
trois cens vingt huyct, et regna dix ans.

RETOURNANT a nostre premier propos des gestes de Cesar en Paris. Apres que icelluy Cesar fut jouyssant de la cite, il fit edifier pres icelle le Palais des termes qui est au lieu quon dict maintenant lhotel de Clugny, pres les Mathurins. Et fut ainsi appelle, pource que la se payoit le tribut aux termes qui estoient ordonnez. Et adonc le peuple commenca a edifier maisons entour celluy chasteau, et eulx y loger : et commenca lors celle partie a estre habitee premierement, et depuis long temps ne fut habitee lautre partie de devers sainct Denys, laquelle partie auiourdhuy est la plus grande. Et pour lors y estoient grans boys et forestz ou se faisoient moult dhomicides. Le marche des bestes estoit par deca la ou est a present la rue aux Bordonnois au lieu que lon dit le siege aux deschargeurs, et encores ce lieu est appelle la vieille place aux pourceaulx. Et a la croix du tirouer on trioit les bestes, et pource a proprement parler est appellee la croix du trioir pour les bestes que l'on y trioit. Combien que au-

cuns dient quelle fut ainsi nommee pour
une royne de France nommee Brunechilde
qui en ce lieu fut tiree a quatre chevaulx
pour les crimes par elle commis en la personne de plusieurs roys et princes de
France. Au carrefour guillory estoit le
pillory ou lon couppoit les oreilles, et pour
ce a proprement parler, cest le carrefour
guigneoreille. Et la boucherie estoit ou
elle est a present hors la Cite, et prochaine
de la porte, laquelle iusques au jourdhuy
est appellee la porte de Paris. Et aussi esse
la premiere porte et closture de Paris, et
deslors fut edifiee jouxte celle porte aul-
culne forteresse pour deffence de la cite au
lieu ou est de present le grand Chastellet
ou les Prevostz de Paris dantiquite tienent
leur iurisdiction royalle. Depuis fut habitee
et fermee Paris jusques au lieu que lon
dit larchet sainct Marry, et alloit on de
ceste porte tout droit a la riuiere au lieu
que lon dit les planches de mybray, et la
avoit ung pont de fust qui s'adressoit a
sainct Denys de la Chartre, et la tout
droict parmy la cite sadressoit a lautre

pont que lon dit petit Pont. Et estoit ce
lieu a proprement parler dit les planches
demy bras. Car cestoit la moitie du bras
de Seine. Apres fut faict le cymetiere
des Innocens hors la ville, comme on faisoit anciennement : pres lequel cymetiere
on commenca a faire le marche, et fut
nomme champeaux, pource que cestoient
tous champs, puis furent faictes les Halles
pour vendre comme il sera dict cy apres.
Ainsi creut la ville jusques a la porte
sainct Denys, et fut abbatue la vieille mu-
raille et encores voit on les premieres
portes quon appelle faulces portes, des-
quelles celle de la rue sainct Martin a este
depuis peu de temps abbatue.

Encores est il assauoir que au temps
que Julius Cesar vint a Paris elle estoit
gouvernee par certaines gens qui sappelloient Druydes, comme recite ledict Cesar,
ces Druydes estoient les principaulx, et
avoient le gouvernement du temporel et
spirituel. Ilz estoient quictes de tous tri-
butz, empruntz, ostz, chevauchees, et aultres servitudes. Ilz ne souffroient que les

enfans vinsent deuant leurs peres jusques
a ce quilz peussent armes porter. Ilz
estoient merueilleusement enclins a la religion de leurs dieux, et a leurs sacrifices,
entre lesquelz ils adoroient souueraine-
ment Mercure, Apollo, Mars et Iupiter.
Ilz sacrifioient a leurs dieux hommes vifz
et eulx mesmes se y vouoient. Le princi-
pal de leurs temples estoit la ou est Montmartre qui lors estoit nomme le mont
Mercure pource que son temple y estoit.
Le second estoit oultre Pontoise consacre
a Apollo au lieu nomme court dimenche,
quon dit a present la mer Dautie : et le
tiers estoit le temple Jupiter au lieu dit
Montiaoust.

Depuis la conqueste de Julius Cesar les
Parisiens furent tousjours en la subjection
des Rommains et tout le pays de Gaulle.
Apres la mort dudict Cesar furent douze
empereurs lung apres lautre, et fut Domitian le XII qui fut filz de Vaspasian et
frere de Titus, lequel regna environ Lan
de nostre seigneur quatre vingtz et trois.
Durant son regne fut enuoye sainct Denys

en France par le pape Clement : sainct
Denys vint a Paris prescher le peuple et
apporta le premier la foy en France, et
a cause de la nouvelle loy quil preschoit,
par le commandement du dict Domitian
fut prins des Rommains et apres mainctz
tourmens a luy faictz Denys en une chartre en la cite ou de present ya une esglise
et prieure de moynes quon appelle de present sainct Denys de la chartre. Puis fut
mene pour sacrifier a la montaigne de
Mercure au temple de ladicte ydolle, et
pour ce que luy ne ses compaignons ne
vouloient sacrifier, furent ramenez jusques
ou lieu ou est leur chapelle et la furent
decollez et pour ceste cause ce mont qui
avoit nom le mont de Mercure fut appelle
le mont des Martirs et encores est. Ce
mon seigneur sainct Denys fonda a Paris
trois esglises. La premiere de la trinite,
la ou est de present sainct Benoist, et y
mist moynes. La deuxiesme sainct Estienne des Grecz ou il chantoit souvent.
La troisiesme ce fust nostre dame des
champs ou il demouroit, et y fut prins.

Dedens Paris fit trois beaulx edifices.
Sainct Denys lors a servir dieu propices
Cest sainct Benoist et aussi sainct Estienne
Nomme des Grecz, affin quil en souvienne.
Lautre si est, nostre dame des champs
Ou presentoit a dieu ses devotz chantz.

LES Parisiens vescurent ainsi quil est dict soubz le gouuernement des Rommains, pendant lequel temps ybros cappitaine des Sicambriens durant le regne de lempereur Vallentiniam arriua a Paris et en fut esleu duc et gouuerneur lan de grace trois cens vingthuit comme jay dit, et depuis a Paris nadvint chose de memoire jusques au temps de lempereur Leon quon comptoit lan CCCCLXIIII. auquel temps Artus roy de la grant Bretaigne descendit en Gaulle, ou il fit de grans dommaiges : et en estoit le gouuerneur ung tribun de Romme nomme Flollo pour lempereur Leon. Flollo aduerty de la descente de Artus le voulut combatre, mais voyant que le dangier estoit grant pour luy, se retira a Paris quil fortifia et

fut incontinent assiegee par Artus, auquel
Flollo manda quil le vouloit combatre
corps a corps, et que le vaincu quiteroit
au vainqueur tout le pays de Gaulle, ce
que le roy Artus accorda et fut le combat
delegue en lisle de Paris dicte lisle Nostre dame. Flollo se fioit moult en sa force.
Et apres que les pleiges furent baillez des
deux parties, ilz conuindrent au lieu dessusdict, ou fut leur premier combat a la
lance. Puis combatirent a la hache. Mais
Flollo attaignit si durement Artus au
front quil lestonna fort et descouroit le
sang sur ses yeulx. Artus invoca lors la
vierge Marie, laquelle sapparut devant
tous, et le couurit de lenvers de son manteau qui sembloit estre fourre Dhermines,
de laquelle vision Flollo fut tresesbahy,
et perdit la veue. Artus qui la vision na-
uoit veue, sesuertua et courut sus a Flollo,
lequel il occit. Et depuis Artus aduerty de
la vision print pour ses armes les hermi-
nes, que ont porte et portent encores les
roys et princes de Bretaigne.

Apres que Artus eut la victoire il entra

dedens Paris en grant triumphe et fit ediffier une chappelle en lhonneur de la vierge
Marie au lieu ou auoit este leur combat.
Et est le lieu auquel est a present la grant
eglise cathedrale de nostre dame de Paris,
ainsi quil est amplement recite es grandes
Cronicques de Bretaigne.

> Le roy Artus apres quil eut victoire
> Contre Flollo, par la vierge Marie,
> De par luy fut pour en auoyr memoire,
> Une chappelle audict lieu establie
> Dedens Paris, et est sans menterie
> Le propre lieu plain de renom et fame
> Ou present est leglise nostre Dame.

Aucunes cronicques nomment celluy
Flollo Gillon, lequel Gillon gouuerna le royaulme de France en labsence
de Childeric apres que les Francoys pour
sa lubricite leurent banny du royaulme, et
combatirent celluy Gillon et Artus ensemble devant Paris, qui se pourroit bien
accorder pource que ledict Artus descendit
en Gaulle du temps de lempereur Leon
en lan CCCCLXIIII ou quel temps les

Francoys avoient desja roys en France, veu que tous les historiens saccordent ensemble que Pharamond premier roy de France fut esleu lan CCCCXIX et regna six ans. Puis Clodio et Merouee, et apres ledict Childeric, qui regna environ lan quatre centz soixante huyt, qui nest gueres de distance a la premiere dacte.

Or environ ce temps soit deuant ou apres, pource que les historiens en cest endroit se discordent, Marchomires duc de France Orientalle descendu de lancienne tige et lignee de Francion filz Dhector de Troye laissa la Germanie et entra en Gaulle, long temps apres la mort du duc ybros dessusnomme. Et pource quil scavoit moult du faict des armes les Francoys le firent leur duc et les gouuerna comme duc trente ans, et leur enseigna lusaige des armes. Ce fut celluy qui premier mua le nom du royaulme de Gaulle en France pour lamour de Francion dont il estoit descendu, et mua le nom de Luthesse a Paris, pour lamour de Paris filz du roy Priam de Troye.

Et y auoit ia environ douze centz ans
que ladicte cite de Luthesse auoit este
ediffiee, mais a cause de ceste mutation
et translation des noms de Gaulle et de
Luthesse qui furent transmuez en France
et Paris, on dict communement que cest
le commencement desdictz France et Paris. Et en cecy appert que elle fut premierement appellee Paris, puis fut nommee
Luthesse. Et de rechief elle a este et est
encores Paris appellee.

Marchomires fit transmutation
Du nom de Gaulle, et le fit nommer France.
Luthesse aussi pleine de grand puissance
Nomma Paris sans nulle fiction.

APRES la mort dudict Marchomires son
filz Pharamond fut esleu roy par les
Francoys, et fut le premier roy de France.
Apres luy regna Clodio son filz surnomme
le Cheuelu, qui transporta le royaulme
doultre le Rhin en Gaulle. Devers luy
vindrent les Parisiens en nombre vingt et
trois mille hommes de guerre, et a leur

ayde desconfit grand nombre de Rommains qui tenoient le pais en leur obeissance. Lesdictz Parisiens auoient tousjours
vescu soubz la dition des Rommains, en
leur paiant tribut depuis que Jules Cesar
les auoit subjuguez, mais depuis la venue
dudict Clodio en France il les mit en
liberte et franchise, et furent deslors en
lobeissance des roys de France. Clodio
mort regna Merouee, et apres luy Childeric, auquel succeda Clouis premier roy
chrestien. Celuy Clouis mist son siege a
Paris, et lestablit ville capitalle de son
royaulme. Et fit faire hors les murs dicelle
a lhonneur de sainct Pierre et sainct Pol
une eglise qui de present est appellce
saincte Geneviefve au mont de Paris, qui
lors fut nomme le mont sainct Pierre. Et
lors commenca la ville acroistre de ce coste
la. Ledict Clouis fut enterre apres sa
mort en ladicte eglise, et aussy fut saincte
Geneuiefve, au nom de laquelle leglise a
este depuis dediee.

Le roy Clouis dhonneur divin sémont
Ediffia a Paris sur ung mont

Leglise lors de saincte Geneuiefue
Ou il fut mis apres sa vie briefue
Et fut construicte en lan cinq centz et dix.
Priez a dieu quil luy doint paradis.

Quant le roy Clouis fut trespasse, ses
quatre filz partirent le royaulme en
quatre. Clotaire fut roy de Soissons, Childebert fut roy de Paris. Clodomires fut
roy Dorleans. Et Theodoric fut roy de
Metz. Et notez que les aultres roys ne sont
point mis au nombre des roys de France,
sinon ceulx qui ont tins leur siege a Paris.
Celuy Childebert roy de Paris ou de
France fonda hors des murs de Paris par
le conseil sainct Germain lors euesque de
ladicte cite une abbaye a lhonneur de
sainct Vincent, laquelle de present est appelle sainct Germain des Prez a cause de
monseigneur sainct Germain euesque de
Paris qui y fut enterre, et y donna ledict
roy la tunique sainct Vincent quil apporta
Despaigne, et aultres relicaires. Semblablement fonda leglise saint Germain Lauxerroys et fut environ lan cinq cens qua-

rante deux, et gist ledict roy en ladicte
esglise de sainct Germain des Prez.

Childebert a Paris fit faire
De sainct Germain des prez leglise,
Et sainct Germain par bonne guise
Dit Lauxerroys fit il parfaire.

DEPUIS ce temps jusques au temps du
roy Charlemaigne ne fut faict a Paris
chose digne de memoire, sinon que les
roys qui en France regnerent se tenoient
ordinairement a Paris et se monstroient
tous les ans une fois le premier jour du
moys de May au peuple dicelle ville en
leur donnant plusieurs riches dons, et cela
faict rentroient en leur palais sans plus
estre veuz.

Au temps dudict Charlemaigne vindrent Dhirlande deux moynes qui estoient
Descosse lesquelz par le pais de France
crioient et preschoient quilz avoient
science a vendre. Ce qui vint a la cong-
noissance de Lempereur lequel congnoissant la grant science qui estoit en eulx et

quilz queroient lieu convenable pour en-
seigner et instruire en toutes sciences.
Ledict Charlemaigne commanda a lung
deux nomme Clement quil se tint a Paris
et luy fist bailler les enfans de tous estatz,
et fist faire lieu et escolles convenables
pour estudier, commandant quon leur
administrast tout ce quil leur seroit be-
soing. De la vint la premiere institution du
corps de Luniuersite de Paris. Et lors avoit
en Angleterre ung grant clerc theologien
et plysophe nomme Alcuynus lequel
sachant que Charlemaigne recueilloit les
grans clercz et saiges hommes, passa en
France et vint devers lempereur qui le re-
ceut honorablement, a la requeste duquel
ledict Charlemaigne translata Luniuersite
qui estoit a Romme, et laquelle paravant
y avoit este translatee Dathenes, et la fit
venir a Paris. Et furent fondateurs dudict
estude et uniuersite quatre grans clercz
qui avoient este disciples de Bede, nommez. Cestassauoir ledict Alcuynus, Ra-
banus, Claudius, et Ioannes Scotus : tellement que la vraye source et fontaine de

science y a tousiours depuis este. Celluy Charlemaigne fit ediffier Jeglise sainct Iaques entre Paris et Montmartre, laquelle est de present enclose dedens Paris, et sapelle sainct Iacques de Lhospital.

Dedens Paris la royalle cite
Charles le grant fit Luniuersite
Instituer par quatre grans docteurs :
Qui dessoubz luy en furent fondateurs.
Aussi fit il sainct Iacques renomme
De Lhospital, ainsi dict et nomme.

Aucuns dient que Regnant ledict Charle-maigne Paris fut assiegee par ung geant nomme ysoire, contre lequel enuoya lempereur plusieurs de ses barons qui par celluy geant furent desconfictz. Finale-ment ysoire fut vaincu et occis par ung chevallier appelle Guillaume au court nez, et delivra la ville de la persecution dicelluy geant, et estoit celluy chevallier du lignaige du noble Guerin de Mont glave.

Apres la mort de Charlemaigne succeda a la couronne Loys le debonnaire son

filz. Apres lequel fut roy Charles le Chauue
lequel translata lindition que Charlemaigne auoit estably a Aix en Allemaigne, et
le fit venir pres Paris qui fut appelle
comme encores est le Lendit et en donna
le prouffit a Labbaye et monastere de
sainct Denys en France.

L AN huit cens quatre vingtz et cinq,
regnoit en France Charles empereur
nepveu du roy Charles le Chauve et fut
faict roy apres la mort de Loys et Karlo-
man enfans de Loys le Begue. Durant son
regne les Dannois, Normans, Sarrazins
entrerent en France et vindrent jusques
deuant Paris et lassiegerent auecques bien
quarante mille hommes. Mais Gosselin
qui lors estoit euesque de la cite de Paris,
Labbe de sainct Germain des prez, et Eude
conte de Paris qui apres fut roy de France
la deffendirent et garderent si bien par les
merites de nostre Dame, et des benoistz
corps saincte Geneuiefue, sainct Germain
et sainct Marcel, quilz ne la peurent prendre

et se departirent. Mais auant leur depar-
tement ilz bruslerent et destruysirent les
esglises et monasteres de sainct Germain
des prez et saincte Geneuiefve qui estoient
hors de Paris, dont les corps sainctz
auoient este retirez en la cite. Et desdictz
Normans nen eschappa ung seul qui fut
grant grace de Dieu.

En ce temps comme il apert la ville de
Paris et les enuirons estoit une conte de
grant estime et noble seigneurie et estoient
les contes de Paris tresprochains des roys
comme celluy Eude lequel apres le deces
de Charles dessusdict fut faict roy de
France. Apres luy fut conte de Paris Hue
le grant filz de Robert duc Dacquitaine
frere dudict Eude. Cestuy Hue le grant
eut ung filz comme luy nomme, cestassa-
voir Hue Capet, lequel fut grand conte de
Paris, et apres roy de France : par quoy
on peult croire que les contes de Paris
estoient de tresgrande noblesse quant ilz
ataignoient iusques au royal tiltre de la
couronne de France.

Cestuy Eude roy de France chassa les

Dannoys Normans qui estoient de rechief venus devant Paris, et lavoient assiege, et par la bonne conduicte quil y mist, ilz sen allerent sans rien faire.

Lan neuf cens septante et huyt, Regnant en France Lothaire troisiesme de ce nom. Othon empereur Dalmaigne pour quelque querelle quil eust avecques ledict Lothaire amena une grant armee en France ou il mit plusieurs villes a feu et a sang, et vint iusques deuant Paris, et brusla les faulbourgz. Et deuant la porte fut occis ung sien nepueu et moult de ses gens. Ledict roy Lothaire, Hue Cappet conte de Paris, et Henry duc de Bourgongne, freres enfans de Hue le grant saillirent de la ville auecques leur armee et coururent sus audict Othon, lequel ilz desconfirent et chasserent jusques a Soissons.

De rechief durant le regne dudict roy Lothaire fut la ville de Paris assiegee par ung prince Dannoys Huastendanus nomme, lequel apres auoir par lespace de trois ans afflige les Gaulles, speciallement es parties maritimes, se vint parquer et mit

son siege deuant Paris, accompaigne de
quinze mille hommes Dannoys, entre lesquelz estoit ung geant monstre en nature
appelle Betelgulphus, puissant de corps et
de force merueilleuse : horrible estoit a
regarder, pour le signe quil monstroit de
grant cruaulte. Le siege assis ainsy que
dict est, Celluy Geant chascun iour venoit
deuant Paris prouoquer et deffier les
cheualliers Francoys pour leur liurer le
combat corps contre corps. Or estoit le
roy Lothaire a Paris accompaigne de ses
princes et gentilz hommes, en labsence
desquelz Geoffroy lors conte Daniou qui a
Paris venoit au mandement du roy, ouyt
nouvelles dudict Geant qui ainsy la ville
affligeoit, lequel il delibera combatre et le
vaincre. Passant doncques la riuiere de
Seine vint au lieu ou ledict geant estoit, et
estant a cheval monte, avecques deffiance
lassaillit, et dung coup de lance griefvement le naura et getta par terre. Le geant
se cuydant relever fut de rechief par le
conte Geoffroy durement repousse, et
cheut tout estendu pour sa pesanteur, au-

quel pour fin de ses merites, luy trencha
la teste qui fut au roy de France presen-
tee, qui grosse joye en demena, et les
Dannoys marris et troubles de leur Geant
occis, leuerent leur siege de deuant Paris,
et bruslerent Montmorency, que parauant
auoient fortifie : finablement parquez au
val de Soissons, furent deffais et occis par
le roy et les princes de France, acom-
paigne de la noblesse et populaire de
Paris.

Betelgulphus puissant oultre nature
Geant Dannoys, et de haulte stature
Apres auoir prouoque au combat
Plusieurs Francoys, par ung mortel debat
Sur luy tourna la dure adversite
Deuant Paris la royalle cite,
Car ung Geoffroy conte Daniou honneste
Loccit adonc, et luy trencha la teste.

APRES le trespas dudict Lothaire, regna
son filz Loys quatriesme du nom,
apres la mort du quel Hue Cappet conte
de Paris occupa le royaulme et se fit roy
de France. Cestuy Hue Cappet lan neuf

centz quatre vingtz et quinze fonda labbaye sainct Magloire a Paris. Aucuns
dient quelle fut translatee et transportee de
la cite ou elle estoit au lieu ou est de present, et que ce estoient tous champs pour
lors, et qui soit vray : on treuue en la dacte
daucunes lettres royaulx qui en ce temps
furent faictes, donne en nostre eglise sainct
Magloire les champeaulx, pres Paris, et
au lieu ou elle estoit premierement est de
present leglise sainct Barthelemy. Et
pource que ledict Hue Cappet la transporta ou elle est de present, on lapelle le
fondateur dicelle.

> Hue Cappet si fit bastir
> Une eglise en lhonneur et gloire
> De dieu, et monsieur sainct Magloire
> A Paris sans point en mentir.

APRES Hue Cappet regna son filz Robert, roy vertueux et plain de toutes
bonnes meurs et conditions. Cestuy Robert
fonda leglise sainct Nicolas des champs les
son Palais, pres Paris. Et estoit sondict

Palais au lieu ou est de present le monastere et closture sainct Martin des Champs,
hors la ville. Il fonda aussy leglise nostre
Dame des champs, pres Paris, au lieu ou
paravant avoit ja ediffie une eglise monseigneur sainct Denys comme jay dict. Il
fit aussy ediffier plusieurs autres eglises en
son royaulme.

> Le roy Robert fit la construction
> Sainct Nicolas, par sa deuotion
> Dehors Paris aussy fit nostre Dame
> Dicte des champs, ou quel lieu plain de fame
> Et bon renom sainct Denys tresparfaict
> Avoit jadis ung petit temple faict.

HENRY roy de France, filz dudict Robert. En lan de grace mil soyxante
et sept, fonda leglise sainct Martin des
Champs au lieu qui estoit lors son Pallais
hors les murs de Paris, et y mit chanoines
pour Dieu prier.

En celluy temps la cite de Paris fut
arse. Et la riviere de Seine fut excessive-
ment grande, et demoura ainsy par lespace de sept ans.

Le roy Henry pour bien a Dieu complaire,
Hors de Paris honnestement fit faire
Église et lieu sainct Martin ou estoit
Le sien pallais, et illec assistoit.

Apres celluy Henry, succeda son filz Philippe premier de ce nom, au temps duquel regnoit Gille le bastard roy Dangleterre et duc de Normendie, lequel fut fondateur de leglise du sainct Sepulchre a Paris, comme il appert en son epitaphe a Caen.

Loys le Gros roy de France en recongnoissance de la victoire quil auoit obtenue contre aucuns seigneurs de France qui auoient conspire trahison contre luy, en lhonneur de monseigneur sainct Victor, auquel il avoit singuliere deuotion, fonda et fit ediffier leglise et abbaye de sainct Victor les Paris, et y mit religieux de lordre sainct Augustin.

Loys le Gros, hardy comme ung Hector,
Pres de Paris fonda ung monastere
Ou moynes mit viuans de vie austere,
Et la nomma leglise sainct Victor.

Apres Loys le Gros, regna son filz Loys septiesme dict le Piteux, au temps duquel lan mil cent soixante fut faict ung ordre appelle lordre des Guillemins, a cause de sainct Guillaume conte de Poitou, dont le monastere des Blancs mantaulx fut des premiers.

Apres ledict Loys le Gros regna Philippe Auguste dict le Conquerant. Cestuy Philippe acreust grandement son royaulme et fit plusieurs haultz faictz dignes de memoire. Il acheta ung marche que les malades de sainct Ladre auoient droict de faire tenir hors Paris lespace de quinze iours, et le fist venir dans la ville au lieu quon appelle champeaux pres leglise sainct Innocent, et affin que les marchans peussent tenir leurs marchandises a couuert et en seurete. Il fist bastir les Halles, et est encores appelle ledict marche la foire sainct Ladre. Il fist aussi clore le cymetiere sainct Innocent, dont le lieu et celluy ou sont lesdictes Halles estoient lors vuydes et vagues. Semblablement en celluy temps quon disoit Lan mil quatre

vingtz et deux il fist clore le parc du boys
de Vincennes de belle et haulte muralle de
duree telle quon voit encores a lœil. Lan
mil quatre vingtz et quatre voiant ledict
roy que la ville de Paris estoit si orde et
si boueuse paracheua ce que ses predeces-
seurs auoient enconmence, car ilz auoient
change le nom de Lutesse en Paris, mais
ilz nauoient pas oste leffect si manda les
Prevostz et Bourgeoys de ladicte ville et
commanda et ordonna que toutes les rues
dicelle feussent pauees de gros carreaulx
de gres, et ainsi fut faict.

Pareillement pource que la cite de Paris nestoit point close du coste de petit
Pont tyrant au mont saincte Geneviefve,
manda venir vers luy les sept personnes
ausquelz il avoit baille le gouvernement
de ladicte ville et les nomma escheuins.
Et leur commanda, ordonna faire clore et
fermer la ville de gros murs portaulx et
fossez, ce qu'ils firent. Et est ce qui com-
prent comenceant a lhostel de Nelles,
tout le circuit de portes sainct Germain
des prez, sainct Michel, sainct Iacques, a

retourner a la riviere de Seine iusques au lieu appelle la Tournelle vis a vis des Celestins. Aussi la fit clorre de la closture qui environne sainct Honore, sainct Martin des Champs et sainct Pol. Le grant Chastellet, ou est exercee la iustice de la Preuoste et Viconte de Paris fut par ce roy basty et ediffie. Semblablement fut par ledict roy ediffiee la grosse tour du Louure, laquelle modernement a este abbatue en Lan mil cinq cens vingt et neuf, par le commandement du roy Francoys, lequel a esleu en Paris celluy chasteau du Louvre pour sa commune residence.

Philippe roy, par œuure singuliere,
Les Halles fit, aussy le cymetiere
Sainct Innocent fit il clorre et fermer,
Et comme on peult par escript affermer,
Le parc du boys de Vincennes nomme
Construyt ce roy, qui tant fut renomme.
Il fit pauer dedens Paris les rues
Qui de beaulte estoient vuydes et nues,
Les escheuins crea et establit
Et celle ville en vertu ennoblit :
Fermer la fit de maintz gros murs et portes,
Puis apres fit pour resistence forte

La grosse tour du Louure tresparfaicte
Qui a este puis peu de temps deffaicte.
Semblablement pour tenir la Iustice
Du Chastellet fit faire lediffice.

Durant le regne dudict roy Phelippe estoit Morice euesque de Paris, a la poursuyte duquel fut ediffiee leglise nostre Dame de Paris de moult sumptueux ou-uraige ainsi quon uoit a lœil. De la quelle parauant luy les fondemens auoient este faictz et esleuez jusques au rez de terre au propre lieu ou le Roy Artus auoit fonde une chapelle de nostre Dame comme il est ia dit. Celuy Morice mourut Lan mil cent quatre uingtz et seize.

> A la poursuyte de Morice
> Euesque de Paris parfaict,
> Tressumptueusement fut faict
> De nostre Dame lediffice.

Quant ledict Phelippe fut alle de vie a trespas succeda a la couronne son filz Loys huytiesme de ce nom, apres le-

quel regna son filz sainct Loys neufuiesme
de ce nom. Cestuy roy sainct Loys fit et
establit plusieurs belles ordonnances touchant le gouuernement et le bien public-
que de la ville de Paris, et fonda la saincte
Chapelle en son pallais Royal a Paris de
moult subtil et magnificque ouurage ainsi
quon peult veoir, en laquelle il mist le
chappeau et saincte Couronne despines de
Iesuchrist que luy donna lempereur de
Constantinoble : semblablement une grant
partie de la vraye croix, Lesponge et le fer
de la Lance dont fut entasme le coste nostre seigneur. Il fonda aussi Lhostel dieu
de Paris ou il donna plusieurs grans biens,
la maison des quinze vingtz pour nourir et
loger trois cens cheualiers quil ramena
doultre mer ausquelz les Sarrazins auoient
creue les yeulx. Aussi fist edifier les Filles
dieu, les blans Manteaulx, saincte Croix
en la Bretonnerie, et les Chartreux au lieu
de Vauuert es faulxbourgz de Paris hors
la porte sainct Michel, ensemble les monastere des Carmes, des freres Mineurs,
et freres Prescheurs enrichit de Dortouers,

4

Refectouers, et plusieurs autres ediffices.
Marguerite espouse dudict sainct Loys,
aux faulxbourgz saint Marceau ediffia le
couvent des Nonnains quon appelle les
Cordelieres sainct Marceau. Dudict sainct
Loys, est venue la maison de Bourbon,
et en sont les ducz de luy descendus, desquelz le tiers duc nomme Loys fist ediffier
a Paris ung tres beau logis, quon appelle
lhostel de Bourbon. Au temps dudict
sainct Loys, florissoit a Paris ung grant
docteur en Theologie, nomme maistre Robert de Sorbonne, lequel fonda ung college
a Paris quon appelle a cause de luy, le co-
lege de Sorbonne, et y mit escoliers, ausquelz il acquist rentes.

Semblablement, en ce temps estoit en
la court dudict roy ung noble homme
nomme Estienne Hauldri, qui fonda une
chappelle qui de son nom fut nommee et
appellee, la chappelle des Hauldriettes.

Dedens Paris maintz lieux de grant renom
Fit sainct Loys neufiesme de ce nom.
Cest assauoïr la royalle chapelle
Pres le pallais, et les lieux quon appelle

La maison dieu tres pitoiable lieu,
Les quinze vingtz, aussy les filles dieu,
Les blancz manteaulx, saincte Croix Bretonniere
Et les Chartreux pour œuvre singuliere :
Aussy dota de moult beaulx ediffices
Les Mendians a prier dieu propices.

PHILIPPE troisiesme de ce nom regna apres son pere sainct Loys, et luy succeda Philippe le Bel son filz, quatriesme du nom. Cestuy Philippe le Bel fit ediffier a Paris de tres sumptueux et riche ouuraige le Palais royal, par Enguerant de Marigny chevalier Normant et conte de Longueville, et fut ediffie pres le Pallais du roy sainct Loys ainsi quon peult veoir. Pareillement fit faire celluy Enguerrand le gibet de mont faulcon, ou il fut pendu pour ses demerites. Ledict roy se tint a Paris, et y faisoit sa residence. De son temps fut faicte commotion par le peuple de Paris a cause de la mutation des monnoyes, mais il y en eut daucuns griefvement pugnis. Lan mil deux centz quatre vingtz et seize, fut la riuiere de Seine si grande que toute la cite de Paris en fut

couuerte, et la ville circuie de toutes pars,
tellement que du coste des portes sainct
Anthoine, sainct Martin, et sainct Denys
on ny eust sceu entrer sans basteau. Je-
hanne femme dudict Philippe le Bel fonda
le college de Champaigne, dict de Navarre
a Paris, et leur donna plusieurs rentes sur
son domaine de Champaigne.

Philippe Bel roy tres noble et loyal,
Par Enguerrant seigneur de Longueville,
Ediffia dedens Paris la ville
Moult richement le sien Pallais royal.

Loys dixiesme de ce nom dict Hutin
fut apres son pere roy de France.
Cestuy Loys establit et ordonna que le
parlement qui parauant estoit vagant par
le royaulme seroit permanent et demour-
roit a Paris pour mieulx subuenir au affai-
res et proces de ses subjectz. Lequel parlement constitue et faict de cent Senateurs
et conseilliers, a depuis toujours este en
ladicte ville, et y est de present.

Du temps dicelluy roy florissoit a Paris

le prince des poetes francois nomme Iehan
de Mehun qui composa le Rommant de
la Roze.

> Loys Hutin, pour le soulagement
> De ses subjectz et pour plusieurs perilz
> Faire eviter, ordonna que en Paris
> Mise seroit la court de parlement.

PHILIPPE de Valloys fut Roy de France
apres ledict Loys Hutin et ses deux
freres. Et mena tres forte guerre aux Fla-
mens qui avoient chasse leur conte contre
lesquelz il porta Loriflamme. Quant il fut
retourne a Paris il sen alla remercier Dieu
et nostre Dame en la grant eglise nostre
Dame en laquelle il entra tout arme et
monte a cheual jusques devant le Crucifix,
et presenta son cheual et ses armeures a
la belle dame, luy attribuant lhonneur de
sa victoire. Et en signe de ce est encores
sa remembrance tout a cheual en la nef de
ladicte eglise de Paris. Et donna a celle
eglise cent livres de rente perpetuelle quil
leur acquist et assigna en Gastinoys. A

celluy succeda le roy Iehan son filz qui fut
prisonnier en Angleterre, pendant laquelle
prinse le peuple de Paris fit plusieurs
commotions et esmeutes pour le gouuernement du royaulme, car aucunes foys
estoient pour le regent filz du roy, a lautre
foys pour le roy de Nauarre, en sorte
quilz se tenoient tousjours de la partie des
plus fortz. Apres ledict Iehan fut sacre
roy en France son filz Charles le Quint.
Durant son regne les Angloys coururent
tout le pais de France, et vindrent jusques
deuant Paris : desquelz en fut deffaict pour
ung coup par les Parisiens environ sept
centz. Ledict Charles le Quint fit ediffier a
ses propres despens la Bastille sainct Anthoine a Paris, et fut la premiere pierre
assise par Hugues Aubriot provost de
Paris. Pareillement fit de neuf les chas-
teaux du Louure et de sainct Germain en
Laye. Il fit aussy ediffier le monastere
des Celestins tres riche couuent au lieu ou
paravant estoit le couuent des Carmes
que pour lors on appelloit les Barrez.

Charles le quint donna commencement
Et fit de neuf pour Paris tresutille
Les deux chasteaulx du Louure et la Bastille
Et sainct Germain aussi pareillement.

CHARLES sixiesme succeda au roy Charles le Quint. De son temps ceulx de Paris firent plusieurs commotions a raison du debat qui estoit entre les ducz de Bourgongne et Dorleans. Et fut la ville prinse par les Bourguignons et liuree aux Angloys qui long temps en jouyrent, et lors fut quasi tout le royaulme de France entre les mains des Angloys. Durant le regne dudict Charles estoit Hugues Aubriot prevost de Paris, par la poursuyte duquel furent faicts et ediffiez plusieurs beaulx et fors ediffices : assavoir est le pont sainct Michel, les murs de devers la Bastille Sainct Antoine, le long de la riviere de Seine. Et aussi le petit Chastellet et petit Pont qui furent faictz de pierre, de la somme de dixhuit mille escus. En quoy furent taxez et condamnez les Iuifz lors demourans a Paris pour les cruautez et molestez

quilz exercoient contre les crestiens. Semblablement environ ce temps le duc de
Berry filz du roy Iehan et oncle de Charles sixiesme fit ediffier lhostel de Neelle
a Paris pres la porte sainct Germain, et
aussi une maison de plaisance pres Paris
quon appelle le chasteau de Vicestre, et
donna a leglise nostre Dame de Paris le
chef du benoist apostre monsieur sainct
Philippe decore et enrichi de maintes
gemmes et pierres precieuses.

Au temps dudict roy Charles sixiesme,
aucuns gouverneurs de ses finances pour
le prouffit du roy delibererent pour mieulx
garder lesdictes finances faire ung Cerf
dor massif, duquel le patron fut pose et
assis en la grant salle du Palais ainsi
quon voit de present. Semblablement en
lan mil quatre cens huit la Preuoste des
marchans et eschéuinaige de Paris qui paravant auoit este abollie et anichillce par le
Roy, fut de rechief restablie et restitue en
son intégrité pour le bon vouloir quil
auoit envers les Parisiens, et en fut maistre Iehan Iuuenel premier Preuost, lequel

office a depuis dure jusques cy. Lan mil
quatre cens et treze en la grant esglise
nostre Dame de Paris fut ediffie le grant
et excellent ymage de sainct Christofle
par aucun cheualier, comme il appert en
ladicte esglise.

> Durant le temps du roy Charles sixiesme
> Qui des François porta le diadesme,
> Furent bastiz Chastellet, petit Pont,
> Desquelz deulx lung a lautre correspont,
> Le Pont aussi de sainct Michel assis
> Sur fondemens de pieulx gros et massifz.

CHARLES VII trouua le royaulme fort
trouble et empesche des Angloys qui
tenoient toutes les villes de France en leur
obeissance et mesmement la ville de Paris
quilz occuperent jusques en lan mil IIII
cens XXXVII, en laquelle annee le III jour
Davril premier vendredi dapres pasques
les Parisiens lassez et ennuyez des Angloys sesleverent contre eulx et en tuèrent
plusieurs ou ilz les rencontroient et rendi-
rent la ville aux gens du roy qui dedens entrerent tant pardessus les murs de ladicte

ville que par la riuiere, en sorte que desdictz
Anglois nen demoura aucun dedens ladicte ville quilz ne feussent mors ou prins.
La porte sainct Iaques estoit fermee et en
auoit les clefz lesuesque de Therouenne
angloys lequel auec le seigneur de Vilby
capitaine de Paris aussi Angloys se sau-
uerent en la Bastille, et fut ladicte porte
rompue par ceulx de la ville par laquelle
entrerent le Connestable, le bastard Dorleans et leurs compaignies aians les espees
traictes, criant sainct Denys. Viue le noble
Roy de France, et se logerent en icelle
ville gracieusement sans y faire exces.
Tantost apres commencerent a sonner les
cloches de la ville et chanterent par toutes
les eglises Te deum laudamus. Et le soir
fit lon feu de joye et grande solennite, et
par les carrefours tenoit on table ouverte
a tous venans.

Paris ainsi comme lon scet
Fut reduicte en lobeyssance
Du Roy qui en eut iouissance
Lan mil quatre cens trente sept.

Au roy Charles septiesme succeda son filz Loys unziesme de ce non lequel fit faire la chappelle du Pallais Royal a Paris. Apres luy fut faict roy Charles huytiesme de ce nom.

Au temps duquel fut dressee une religion a Paris des filles perdues que on appelle les Filles Repenties, au lieu de la maison Dorleans qui pour ce faire par le duc Dorleans leur fut donnee. Depuis fut roy Loys duc Dorleans douziesme de ce nom. Au temps duquel le vingt et cinquiesme iour de Octobre, mil quatre centz quatre vingtz et dixneuf, tomba et cheut le pont nostre Dame a Paris dedens Seine, et soixante maisons qui estoient dessus construictes et edifiees quatre vingtz et deux ans apres quil eut este construict dont le Prevost des Marchans et Escheuins de ladicte ville furent chargez et condamnez a certaines amendes par ce que ladicte ruine aduint par leur negligence. Depuis le dict Pont a este restaure et construict sur belles arches de pierre et garny de maisons sans comparaison beaucoup plus belles et ingenieux artifice que les premieres qui estoient seulement de boys et plastre, et le pont assis sur poteaulx et pillotiz de boys.

> Mil quatre cens quatre vingt dix et neuf
> Cheut a Paris le Pont de nostre Dame
> Dont Escheuins receurent grant diffame
> Depuis on la restaure tout de neuf.

R EGNANT ledict roy Loys douxiesme fut sumptueusement enrichy et decore dor et dazur le grant parquet de la court de Parlement auecques plusieurs antiques ouurages, ausquelz sont inserez maintz personnages et les armes et devises du roy. Aussi fit faire ledict roy le logis pres son palais quon appelle la chambre des Comptes contre le quel sont assises les ymages dudict seigneur et des quatre vertus cardinalles lequel est ung tressingulier et triumphant ediffice.

A celluy Roy succeda le Roy Francoys a present regnant lequel a faict et donne a ladicte ville plusieurs beaulx preuilleges

constitutions et ordonnances pour entre-
tenir les bourgeoys et cytoyens dicelle en
liberte et franchise. Au commencement de
son regne furent faictes et construictes les
murailles de pierre de taille tout le long de
la riuiere de Seine au lieu quon dict la
Megisserie depuis le commencement dudict lieu iusques au pres du chasteau du
Louure pour la tuition et deffence des
basteaux illec venans et affluans a ladicte
ville. Ledict roy fit faire et fabriquer une
ymaige nostre Dame, dargent dore, laquelle luy mesmes mit et ponsa au lieu ou
paravant aucuns pires que chiens ou bar-
bares maulditz heretiquez avoient couppe
la teste a une ymage nostre Dame faicte
de pierre, le dernier de May mil cinq
cents vingt huyt. Laquelle ymage assise
derriere le petit sainct Anthoine est de
present appellee Nostre Dame de souf-
france. Celluy seigneur aussy a faict re-
parer le chasteau du Louure de plusieurs
riches ediffices, lequel lieu il a esleu pour
sa demourance. Pareillement a faict com-
mencer les chasteaulx de Fontaine bleau,

Long champ assis et situe pres le boys de
Boullongne a deux petites lieues de Paris
sur la facon du chasteau de Madric, assis
en Espaigne.

> Francoys tresnoble roy de France
> Pour reparer daucuns loutrage
> Dargent fit fabriquer lymage.
> De nostre dame de souffrance.

Regnant le roy Francoys fut acheue
environ lan mil cinq centz vingt et huyt le
college du mans faict de tres riche ediffice
ainsi quon voit, et enuiron ce temps furent
construictes deux chappelles au temple a
Paris lune au cueur par le grant maistre
de Rhodes, et la seconde en la nef par le
grant prieur. Lesquelles deux chappelles
estoffees dor et dazur a ymaiges enleuees,
sont estimees de beaulte tresexcellentes.
Lan mil cinq centz trente et deux, le
neufiesme jour Daoust fut la premiere
pierre assise, par le prouost de Paris a
sainct Eustace, pour icelle eglise estre
creue iusques au lieu dict la croix neufve,
laquelle place est de grande estendue.

Semblablement furent crues plusieurs
eglises en icelle ville, comme sainct Ber-
thelemy, sainct Estienne du mont, la
Magdalene, Lhostel dieu, sainct Sauveur
et autres : aussy fut rebasty de neuf le
monastere de sainct Victor, de tressump-
tueux ouvraige.

Cest ce que iay peu recueillir par tes-
moignage et probation descripture et des
anciennes Cronicques entierement des op-
pinions de la premiere construction et fondation de la plus que tryumphante et
noble ville de Paris. Semblablement des-
antiquitez dicelle, et aussi les fondations,
bastimens et ediffices en icelle comprins,
auecq les noms de leurs premiers instau-
rateurs iusques a ceste annee mil cinq
centz trente troys. Lequel petit œuvre
malbasty et ediffie, ie dedie et adresse a la
benivolence de tous amiables lecteurs,
leur suppliant pardonner les faultes en
ce traicte sans y penser, ou par ignorance
commises.

Le nom et surnom de laucteur.

Gentilz lecteurs amateurs descripture.
Ioyeulx esprits regardez la structure
Le bastiment et la fondation
Lacroissement et laugmentation
Et la facon comment Paris la ville
Sest augmentee en matiere civille
Considerez la sienne antiquite
Ou mainctz cas sont de singularite
Regardez bien tous ces beaulx ediffices
Recongnoissez ses louenges propices
Ou on comprend sa valleur et noblesse
Son hault estat sa doulce gentillesse
Et tous les biens quon peult en verite
Totallement dire dune cite.

Louenges de Paris faictes par ledict aucteur.

Nostre cite et ville tant exquise
Dicte Paris de toutes gens requise
Peult auoir loz et desservir la gloire
De tout honneur pour lantique memoire
De son premier et noble instaurateur
Sil est ainsi que Paris fondateur
Soit dudict lieu qui fut de Gaulle roy
Ou sainsi est que auec puissant arroy

Hercules Grec ait faict fondation
De la cite par une nation
De son pais, ou si la gent troyenne
Ont la cite dicte Parisienne
Faicte et bastie, et mise en son essence
Ceulx cy nommes de treshaulte excellence
Furent iadis et de noblesse antique :
Mesmement ceulx de source Dardanique
Furent tres preux et les plus anciens
Qui furent onc es pays Asiens
Paris aussi eut couronne royalle
Et fut le roy de France la loyalle
Donc si lung deulx la faicte et instauree
Estre elle en doibt prisee et honoree
Pareillement la sienne antiquite
Est de long temps, car a la verite
Huyt centz trente ans auant que dieu souffrist
Tresdure mort, et a la croix se offrist
Paris avoit prins son commencement
Par les Troyens, et le sien fondement.
Or est Paris en tres bel aer assise
Entour soy a la riuiere rassise
Et fleuue doulx, que lon appelle Seine
Ou leau decourt clere plaisante et seine.
De lautre part sont les forestz tres plaines
De venoison, champaignes, boys, et plaines
Terres portans les vignes tres plaisantes
Autres aussi en tous bledz habondantes
Laer y est doulx, et la terre fertille
Et en tous fruyctz tres commode et utille

En elle aussi sont grans chasteaulx et tours
Plus quil ny a dicy jusques a Tours
Maisons dhonneur, voit on dedens Luthesse
Maint bastillon et riche forteresse
Comme le Louure et la Bastille noble
Dont telle na dedens Constantinnoble.
Puis des seigneurs les maisons de plaisance
Les grans logis ou prennent ample aisance
Comme lhostel de Bourbon Villeroy
Dict chasteaupers et la maison du roy
Pres le Palais, lequel Palais a bruyt
Destre le myeulx en bel œuvre construyt
Quon veit iamais en la Chrestiente
Pour sa grandeur. puis on voit a plante
Dautres logis plains de beaulx edifices
Pour les bourgeoys et citoyens propices.
Ceste ville est de unze portes enclose
Avecq gros murs qui pas nest peu de chose
Profondz fossez tout a lentour sestendent
Ou maintes eaux de toutes parts se rendent
Lequel encloz sep lieues lors contient
Comme le bruyt tout commun le maintient.
Puys apres sont cinq grantz pontz pour passer
Par dessus leau, aussy pour rapasser
Depuis la ville en la noble cite
De la cite en luniuersite.
Avecq ce sont maintes eglises belles
Temples diuins, monasteres chapelles
En tres gros nombre. on peult pareillement
Ceste louer pour le beau parlement

Et sainct senat ou sont les conseillers
En nombre cent hommes tressinguliers
De grant scauoir qui tiennent leurs office
De par le Roy pour faire à tous iustice
Sur les proces en la court intimez.
Autres gens sont en iustice estimez
Tenant le lieu du grant Preuost royal
Pour ordonner leur jugement loyal
A toutes gens selon leur cause bonne
Apres y a maincte docte personne
Estudiant aux loix pource establiz
Et de scavoir sont tresfort ennobliz
Dedens Paris les sciences florissent
Et gens scavans en ce lieu resplendissent ..
Plus quen nul lieu. car Palas y octroye
Autant ou plus quen Athenes ou Troye
Le sien seiour, et les muses scavantes
Sont en ce lieu leur demeure tenantes
Plus que iamais ne furent sur le mont
De Aonias ou par elles se mond
Estoit iadis mainct homme pour apprendre.
Ars et mestiers, apres nous fault comprendre
Desquelz il vient tresgrande utilite
Au lieu susdict aussi tranquilite.
Semblablement marchans de toutes guises
Viennent illecq pour toutes marchandises
Distribuer et tant de peuple habonde
En cestuy lieu quil ny a ville au monde
Qui soit autant a chascun gracieuse
Quest cest cy ny autant spacieuse

Épigramme sur le nom de Paris.

*P*our pris dhonneur precieuse maison
*A*ccroissement de tout bien et richesse
*R*och de vertu et repos de raison
*I*ustice vraye en tout temps et saison
*S*cauoir de tout estude de sagesse
Cest de Paris le tiltre de noblesse.

Blason des armes de la ville de Paris.

La nef voguant dessus la mer gallicque
Porte dans soy richesse inestimable
Iustice y est pour patron magnificque
Raison y sert de Lieutenant notable
Gens de scauoir pour œuvre treslouable
Sont galliotz qui la menent a port
Marchans y ont tresaffeure support
Prebstres, bourgeoys, nobles, clercz et gen-
Icelle nef de si fertille apport   [darmes :
Cest de Paris le beau blason des armes.

Plus que moins.

CY COMMENCENT LES NOMS

des rues, esglises et colléges de
Paris. Et premierement du
quartier des Halles.

A rue sainct Denys.
La rue sainct saulueur.
La rue beau repaire.
La rue pauee.
La rue de mont orgueil.
La rue de quiquetonne.
La rue du petit Lyon.
La rue de mauconseil.
La rue mercederel.
La rue au signe.
La rue de la grande truanderie.
La rue de la petite truanderie.

La rue de maudestour.

La rue de petouet.

La rue de la chauoirie

La rue aux prescheurs

La rue de la cossonnerie.

La rue au feurre.

La rue de la charronnerie

Le cloistre saincte Oportune.

La rue de la tableterie.

La rue de la harengerie.

La rue de la sauonnerie.

La rue de la mesgisserie.

La rue sainct Germain.

La rue des lauendieres.

La rue de Iehan loinglitier.

La rue martin poree.

La rue des recommanderesses.

La rue de la cordonnerie.

La rue aux deschargeux.

La rue des bourbonnoys.

La rue thibault aux dez.

La rue de la charpenterie.

La rue de la fosse aux chiens.

La rue tire chappe.

La rue de la monnoye.

La rue de betisi.

Lescolle sainct germain.

La rue de labre sec.

La rue daueron.

La rue Iehan tiron.

La rue de poullies.

La rue dautriche.

La rue sainct honore.

La rue sainct thomas.

La rue froit manteau.

La rue de Iehan de sainct denys.

La rue de beauuais.

La rue de champfleury.

La rue du coq.

La rue des petits champs.

La rue du pellican.

La rue de la court balle.

La rue de grenelles.

La rue de nesle.

La rue de la hache.

La rue des estuues.

La rue du four.

La rue des deux escutz.

La rue des prouuelles.

La rue de la tounellerie.

La rue de la farronnerie.

La rue aux chatz.

La rue de la lingerie.

Les halles.

La ganterie.

La serpente.

La place aux toilles.

La halle au fruict.

La halle aux poires.

La halle au poisson.

La rue de la formagerie.

La rue dessoubz les pilliers.

La rue de la porte sainct eustace.

La rue de la porte de la contesse

La rue de mont martre.

La rue de Iehan le maire.

La rue de la croix neufue.

La rue de la plastriere.

La rue des augustins.

La rue de maqueron.

Le quartier de la porte bodetz.

La grant rue sainct marry.

La rue au maire.

La rue de frapault.

La rue trace nonnain.

La rue des graueliers.

La rue du cymitiere.

La rue chappon.

La rue montmorency.

La rue garnier sainct ladre.

La rue michel le conte.

La rue aux ouers.

La rue quinquempoit.

La rue bartault qui dort.

La rue aubery le bouchier.

La rue de la couroirie.

La rue de maroyeroucy.

La rue de troucevache.

La rue aux lombardz.

La rue de mariuaulx.

La rue de la vieille monnoye.

La pierre au laict.

La rue aux escripuains.

La rue de la heaulmerie.

La rue Iean le conte.

La rue dauignon.

La rue de la sauonnerie.

La rue sainct Iacques de la boucherie.

La rue Iehan de lespine.

La rue sainct bon.

La rue carrefourc guillory.

La rue du porche sainct Iacques.

La rue de leschorcherie.

La place aux veaux.

La rue de la tennerie.

La rue de la vennerie.

La rue des arsis.

La rue des recommanderesses.

La rue de la tacherie.

La rue Iehan pain mollet.

La rue tire boudin.

La vieille tixerrenderie.

La rue de la poterie.

La rue de la voirrerie.

La rue de la barre du bec.

La rue neufue sainct Marry.

Le cloestre sainct Marry.

La rue de la bretonnerie.

La rue de la coutellerie.

La rue de mariuaulx.

La rue de la pierre au laict.

La rue de la fontaine maubue.

La rue Symon le franc.

La rue beau bourg.
La rue de la platrerie.
La rue des Estuues.
La rue Geoffroy langeuin.
La rue des menestrjers.
La rue des petitz champs.
La rue de faulce poterie.
La rue de cul de sac.
La rue du temple.
La rue des blancz manteaulx.
La rue pernelle sainct Pol.
La rue du plastre.
La vieille parcheminerie.
La rue des cinges.
La rue du puys.
La rue de la porte du heaulme.
La rue de paradis.
La rue de la porte barbette.
La vieille rue du temple.
La rue des rosiers.
La rue des escoufles.
La rue au roy de cecille.
La rue du palays.
La grant rue sainct Anthoine.
La rue despaigne.

La rue picque puce.
La rue ders barrez.
La rue du figuier.
La rue des iardins.
La rue sainct Pol.
La rue des nonnains dierre.
La rue de Iouy.
La rue de la mortellerie.
La rue Geoffroy laisnier.
La rue guernier sur leau.
La porte bodetz.
La rue Regnault le febure.
Le vieil cimetiere sainct Iehan.
La rue boutibourg.
La rue de charton.
Le cheuet sainct Geruays.
La rue sainct Iehan.
Le martel sainct Iehan.
La place de greue.

Le quartier de la cite.

Le pont nostre Dame.
Le pont aux changeurs.
Le pont aux musniers.

La vieille pelleterie.

La place sainct Denys de chartre.

La rue Geruais Laurens.

La rue de la lanterne.

La rue de glatigny.

La rue du port sainct Landry.

La rue neufue nostre Dame.

Le cloistre nostre Dame.

La rue sainct Pierre aux bœufz.

La rue sainct Christofle.

La rue de marche paluz.

Le petit pont.

La rue des febures.

La rue des marmousetz.

La rue de la licorne.

La rue du quoquatrix.

La vieille drapperie.

La rue de la iuifrie.

La rue de la Kalende.

La rue de la sauaterie.

La rue de la babillerie.

La rue de parpignan.

La rue sainct Barthelemy.

Le palays du roy nostre sire.

Le pont sainct Michel.

Le quartier de luniuersite.

La rue sainct Andri des ars.

La rue poupee.

La rue des poyteuins.

La rue de larchevesque de **Rouen.**

La rue aux deux portes.

La rue de la chappelle mignon.

La rue sainct Germain des prez.

La rue de labbe saint Denys.

La rue pauee.

La rue de nesle.

La rue de larondelle.

La rue des deux moutons.

La rue des cordeliers.

La rue sainct Cosme.

La rue Pierre sarrazin.

La rue de la harpe.

La rue de mascon.

La rue de la huchette.

La rue de sacalye.

La rue sainct Seuerin.

La rue de la parcheminerie.

La rue bourg de brie.

La rue du foin.

La rue du palays du terme.

La rue de sorbonne.

La rue des porees.

La grant rue sainct Iacques.

La rue de la bretonnerie.

La rue aux cordiers.

La rue de sainct Estienne des **Grecz**.

La rue saint Victor.

La rue sainct nicolas du chardonneret.

La rue de bieure.

Le portail sainct Bernard.

La rue des Bernardins.

La place Maulbert.

La croix Hemon.

La rue des carmes.

La rue du clos bruneau.

La rue de sainct Iehan de beauuais.

La rue des anglois.

La rue sainct Iehan de latran.

La rue de la galande.

La rue des lauandieres.

La rue du feurre.

La rue Iudas.

La rue des trois portes.

La rue de la bucherie.
La rue pauee dandouille.
La rue du bon puys.
La rue susse rasin.
La rue du meurier.
La rue darras.
Le champ gaillard.
La rue sainct Iulien le povre.
Le carrefourc sainct Seuerin.

Sensuyuent les noms

des eglises de Paris.

De celles de la cite.

L A grant eglise nostre Dame.
Sainct Iehan le rond.
Le grand hostel dieu de paris.
Sainct christofle.
La saincte chapelle royalle.
La chapelle de dessoubz la saincte cha-
pelle.
La chapelle sainct michel.
Sainct pierre aux bœufz.
Saincte marine.
Sainct denys du pas.
La chapelle monsieur de Paris.
Sainct aignen.

Sainct landry.
La chapelle des notaires.
La magdaleine.
Sainct denys de la chartre.
La chapelle sainct Simphorian.
Saincte croix en la vielle drapperie.
Sainct marcial.
Sainct pierre des arsis.
Sainct germain le vieil.
Sainct barthelemy.
Nostre dame des voultes.
Sainct eloy.
Saincte geneuiefue des ardans.
La chapelle des dixhuyt clercs.

Le quartier de luniuersite.

La chapelle de beauuais.
Sainct Iulien le povre.
Sainct blaise.
Les maturins.
Sainct yues.
La chapelle de sorbonne.
La chapelle de cluny.
Les carmes.

Sainct hylaire.

Sainct Iehan de Latran.

Sainct benoist.

La chapelle de laue maria.

La chapelle de nauarre.

Sainct fremin du cardinal le moyne.

Sainct nicolas de chardonneret.

La chapelle des bons enfans.

La chapelle mignon.

Leglise des augustins.

La chapelle daustun.

Sainct andry des ars.

La chapelle de presles.

La chapelle du college de tours.

La chapelle des picars.

La chapelle des normans.

Sainct seuerin.

Sainct simphorian le petit.

Sainct cosme et sainct damian.

Les cordeliers.

Les Iacobins.

Sainct estienne des grecz.

Saincte geneuiefue la grande Laquelle fut
iadis ediffiee en lhonneur des apostres
sainct Piere et sainct Pol. Et y est en-

terre le premier Roy de France chrestien nomme Clouis.

Sainct Estienne qui est ioingnant a celle
eglise.

Le quartier des halles et de la porte baudetz.

Sainct geruays.
Lospital sainct geruays.
Les celestins.
Sainct pol.
Saincte Katherine du val des escolliers.
Sainct anthoine le petit.
Sainct Iehan en greue.
La chapelle des haudriettes.
Les beguines religieuses.
La chapelle du sainct esperit.
La chapelle de braque.
Saincte croix en la bretonnerie.
Leglise des billettes.
Sainct guillaume des blans manteaulx.
Sainct marry.
Sainct magloire.
Sainct iosse.

Sainct bon.

Sainct Iulien le menetrier.

Sainct nicolas des champs.

Leglise du temple.

Saincte Katherine de lhospital.

Saincte oportune.

Sainct innocent.

Sainct Iacques de lhospital.

Leglise du sepulchre.

Sainct leu et sainct gille.

Sainct germain de lauxerroys.

Leglise de la trinite.

Sainct saulueur.

La chapelle des filles dieu.

Leglise saincte marie Egyptienne ou len boute les recluses.

Sainct nicolas du louure.

Sainct thomas du louure.

Leglise des quinze vingtz aueugles que le roy sainct Loys fonda en lhonneur de sainct Remy.

Sainct honore.

Leglise des filles repenties religieuses.

Sainct eustace.

La chapelle de monsieur de bourbon.

La chapelle des orfeures.
La chapelle de la monnoye.
Sainct geoffroy.
Sainct iacques de la boucherie.

Sensuyuent les noms

des colleges fondez en
la ville de Paris.

Premierement.

L E college de nauarre.
Le college de bourgoigne.
Le college de montagu.
Le college des bons enfans.
Le college du cardinal le moyne.
Le college de harecourt.
Le college de maistre geruays chrestien.
Le college de presles.
Le college de lisieux.
Le college de iustice.
Le college de la marche.

Le college sainct michel autrement dit de Cenach.

Le college de bon cort.

Le college de reims.

Le college de beauuais.

Le college des tresoriers.

Le college de mignon.

Le college du plessiz.

Le college saincte barbe.

Le college de caluy. autrement dict petit sorbonne.

Le college de coqueret.

Le college de sorbonne.

Le college des choletz.

Le college de laue maria.

Le college de forteret.

Le college de triguet.

Le college de cambray.

Le college de cornouaille.

Le college des Lombars.

Le college de bayeux.

Le college de seez.

Le college de dainuillle.

Le college de boysi.

Le college daustun.

Le college darras.
Le college des allemans.
Le college de tournay.
Le college de dixhuyt.
Le college de sainct nicolas du louure.
Le college de cluny.
Le college de marmoustier.
Le college sainct denys.
Le college de tours.
Le college des bernardins.
Le college de premonstre.

Les cordeliers.   Les iacobins.
Les augustins.   Les carmes.

LES GÉNÉALOGIES

*du noble Francus filȝ du preux Hector
de Troye, jusques a Francoys premier de ce nom roy de France,
extraictes et recueillies par
Gilles Corroȝet.*

ES anciens et modernes historiogra-
phes se accordent tous que Francus filz Dhector de Troye, fut le
premier qui laissant le pais Dasie ou
Frigie vint habiter en nostre pays de Eu-
rope et sarresta au pays Panonnie ou il
donna commencement et construction a
la cite de Sicambre, quon dict maintenant
Bude en Hongrie, duquel sont yssus les
tres nobles roys de Gaulle.

Plusieurs escripuains francoys ont commence leurs cronicques a cestuy Francus,
mais ce a este en brief et obscurement,
dentre lesquelz a emporte la couronne
lauree Iehan le maire grandt investiga-
teur desdictes choses, et lequel a amplement descript les Genealogies dicelluy, et
non pas iusques a present. Les autres
cronicqueurs ont seullement commence a
Pharamond premier roy des Francoys en
continuant les faictz et gestes de ses suc-
cesseurs. Voulant doncques tousjours illus-
trer la tresnoble et inuictissime nation
Gallicane et Francoyse, ie descripray suc-
cinctement les noms des princes et succes-
seurs en ligne directe dudict Francus depuis quil habita es marches de par deca,
jusques au tres chrestien Roy de France,
Francoys premier de ce nom a present
regnant heritier dudict Francus, comme de
luy extraict et yssu, et portant le nom, ou
quasi semblable de son ancien predecesseur
par fatalle disposition, comme il semble.

Francus comme dict est filz du tres
preux Hector. Apres la finale destruction

de Troye, fonda la cite de Sicambre au pays de Pannonie ou Hongrie la basse, et espousa la fille de Rhemus, roy de Gaulle, fondateur de Reims en Champaigne et regna ledict Francus ou Francion sur les Celtes, peuple de Gaulle.

Sicambert roy des Sicambriens, ou Francoys filz dudict Francus regna soixante deux ans en ladicte cite de Sicambre.

Priam second de ce nom, filz de Sicambert fut roy troisiesme.

Hector second de ce nom filz de Priam fut roy quatriesme.

Troyrus filz de Hector, regna pour roy cinquiesme.

Torgotus filz de Troyrus, fut roy sixiesme.

Tungris fut filz de Torgotus, duquel porte le nom la cite de Tongres.

Theuto fut filz de Tungris, de luy sont venus les Theutonicques que nous disons Allemans, ou Lansequenetz.

Agrippa fut filz de Theuto, de luy porte son nom la ville de Agrippine ou Coullongne.

Ambro fut filz de Agrippa, dont les Ambrons portent le nom.

Thuringus filz de Ambro, donna le nom au pais de Thuringue.

Cimber filz de Thuringus, donna le nom au peuple de Cimbres.

Camber fut filz de Cimber, duquel porte le nom la cite de Cambray.

Melbrand fut filz de Camber.

Magius roy de Cimbres, fut filz de Melbrand.

Menapius filz de Magius roy des Cimbres, fonda le chasteau de Megie entre les riuieres du Rhin et de Meuse, et donna le nom aux Menapiens peuple de Gaulle belgique.

Godeffroy Karle fut filz de Menapius roy des Cimbres.

Charles ynach roy de Tongres, fut filz de Godeffroy Karle.

Swane fille de Charles ynach, et de Swane sœur de Iulles Cesar, fut mariee par ledict Cesar a Saluius Brabon, et institueez par luy premiers duc et duchesse de Brabant, durant sa conqueste de Gaulle.

Charles Brabon filz de Saluius Brabon, descendu de Francus de Troye, et par ledict Saluius engendre en ladicte Swane fut second duc de Brabant.

Iulius filz de Charles Brabon, tiers duc de Brabant fonda la cite de Iuliers.

Octauius filz de Iulius, quatriesme duc de Brabant, regna quarante six ans.

Godard filz dudict Octauius, fut cinquiesme duc de Brabant, et regna quarante sept ans.

Godeffroy filz de Godard fut sixiesme duc de Brabant, et regna quarante. cinq ans.

Vveric septiesme duc de Brabant et de Tongres fut filz de Godeffroy, et regna soixante et dix ans.

Artsard huytiesme duc de Brabant, et de Tongres fut filz de Vveric, et regna quarante huyt ans.

Marsiandus fils dudict Artsard, fut neufuiesme duc de Brabant, et de Tongres regna quarante deux ans.

Taxander filz de Marsiandus, premier prince Chrestien en ceste Genealogie, fut dixiesme duc de Brabant, et regna trente et ung an.

Ansigisus filz de Taxander, fut un-ziesme duc de Brabant, et regna trente ans.

Charles le Bel troisiesme de ce nom en ceste genealogie, fils de Ansigisus fut dou-ziesme duc de Brabant, du temps de Me-rouee troisiesme roy de France, et regna uingt et deux ans.

Lando treisiesme duc de Brabant, fut filz de Charles le bel, et regna dixhuyt ans.

Austrasius quatorziesme duc de Bra-bant, filz de Lando fut du temps du roy Clouis, premier roy chrestien et donna le nom au royaulme Daustrasie ou Aus-triche.

Charles Nason filz dudict Austrasius, fut quinziesme duc de Brabant.

Charles Hasbain filz de Charles Nason, fut seiziesme duc de Brabant.

Karlomam filz de Charles Hasbain fut dixseptiesme duc de Brabant.

Pepin lancien surnomme de Landem

fut filz de Karlomam, et dixhuytiesme duc de Brabant.

Bega fille dudict Pepin lancien, fut mariee a Anchises marquis du sainct empire sus lescault.

Pepin Heristel duc de Brabant fut filz de Anchises et de ladicte Bega, cestuy fut Maistre du Pallais de France.

Charles martel maistre du Pallais de France filz de Pepin heristel fut duc Daustriche la basse, et crea quatre roys en France. Cestuy gaigna plusieurs grosses batailles et eut tousjours victoire contre les infideles ses ennemys.

Pepin le Brief filz de Charles Martel duc de Brabant et Daustriche la basse par auctorite du pape zacharie fut sacre roy de France au desadvantage du lignage de Merouee et fut le vingtroisiesme Roy de France selon les cronicques.

Charlemaigne filz du roy Pepin fut roy de Frances et empereur de Romme.

Loys le de Bonnaire filz de Charlemaigne fut Roy de France et empereur de Romme.

7

Charles le Chauue filz de Loys le de Bonnaire fut roy de France.

Loys le Begue roy de France fut filz de Charles le Chauue.

Charles le simple roy de France fut filz de Loys le Begue.

Loys quatriesme du nom Roy de France fut filz de Charles le simple.

Charles premier duc de Loraine filz de Loys quatriesme fut mis prisonnier a Orleans par Hue Capet qui contre luy occupa le royaulme de France.

Emengarde fille dudict Charles fut mariee a Geoffroy conte de Namur.

Aliz fille dudict Geoffroy et de la dicte Emengarde fut mariee à Baudouyn conte de Henault.

Baudouyn premier du nom en ceste genealogie conte de Henault fut filz dudict Baudouyn et de ladicte Aliz.

Baudouyn second de ce nom comte de Henault fut filz dudict Baudouyn premier.

Ysabeau fille dudict Baudouyn second fut mariee a Phelippe Auguste roy de France.

Loys huitiesme de ce nom Roy de France fut filz dudict Philippe Auguste et de ladicte Ysabeau.

Sainct Loys roy de France fut filz de Loys huitiesme.

Philippes tiers du nom Roy de France fut filz de Sainct Loys.

Charles conte de Valloys fut filz de Philippe le tiers.

Philippe de Valloys roy de France fut filz de Charles de Valloys.

Iehan roy de France fut filz de Phelippes de Valloys.

Charles le quint roy de France fut filz du roy Iehan.

Loys du Dorleans fut filz dudit Charles cinquiesme.

Iehan conte Dangoulesme fut filz de Loys duc Dorleans.

Charles conte Dangoulesme fut filz dudict Iehan et de madame Marguerite de Roham.

Francoys premier du nom Roy de France a present regnant et ma dame Marguerite Royne de Nauarre duchesse des duchez de Berry et Dalencon furent enfans dudict Charles conte Dangoulesme, et de ma dame Loÿse de Sauoye.

Comme il appert par la deduction de ceste genealogie laquelle a dure lespace de deux mille sept cens et environ dix ans. Le roy Francoys a present regnant est descendu en la soixante et quatriesme generation du preux Hector de Troye duquel sont yssus quasi tous les Roys de France. Et par ainsi sont moult dignes de haulte gloire et louenge, veue leur noble origine et ancienne source, et le noble lignage dont ilz sont sortiz et deriuez.

Plus que moins.

FIŃ DES ANTIQUITEZ

et excellences de la ville de Paris, Des noms des rues, eglises, et colleges dicelle ville auec la genealogie du noble Roy Francoys.

APPENDICE

(Addition extraite de l'édition de 1555.)

Le quartier de la Cité.

ENSUYT la table du quartier de la Cité de la ville de Paris pour sçauoir trouuer les noms des eglises et chapelles, les noms des rues et ruelles de ladite cité, auec leurs aboutissantz tant d'vn costé que d'autre marquées chascun à son feuillet.

Premier.

Le quartier de la Cité commençant sur le pont au change, et les enuirons finissans au parvy nostre Dame.

Le pont au change tout au long d'vn bout à

l'autre et soubz Chastelet est la rue sainct Leoffroy.

Item aupres Chastelet est l'eglise sainct Leoffroy, le pont au muniers depuis vn bout iusques à l'autre.

La rue de la vieille pelterie. — D'vn bout deuant l'orloge du palais, de lautre bout à la rue de la lanterne qui est deuant sainct Denys de la chartre.

Vne ruelle descendant sur la riviere.

La rue Sainct Barthelemy. — D'vn bout au bout du pont au change, de lautre bout à la premiere porte du palays.

En ladicte rue est l'eglise de sainct Barthelemy.

Vne ruelle deuant l'orloge du palais.

La rue deuant le palays dite la babillerie. — D'vn bout à la porte du palays, de lautre bout au pont sainct Michel.

En ladite ruelle est la saincte chapelle royalle au palays.

Item la chapelle nostre Dame, soubz la saincte chapelle.

Item la chapelle sainct michel. — D'vn bout au palais, de lautre bout à la rue de la babillerie.

Item leglise sainct Eloy deuant le palays et en la sauaterie.

La rue de la vieille draperie. — D'vn bout devant le palays, de lautre bout à la rue de la lanterne.

En ladite rue est leglise sainct Pierre des assis.
Item leglise de saincte croix.

La rue de la savaterie. — D'vn bout à la rue de
la vieille draperie, de lautre bout à la rue
de la qualandre.

En ladite rue est leglise de sainct Macias.

La rue saincte croix. — D'vn bout à la rue de la
sauaterie, de lautre bout à la rue geoffroy
laurens.

La rue au feure. — D'vn bout à la rue de la
vieille draperie, de lautre bout à la rue de la
calandre.

En ladite rue est leglise S. Germain le vieil.

Le pont sainct Michel depuis vn bout jusques à
lautre, vne descente au bout du pont sur la
riuiere tout au long.

La rue de la Iuifrie. — D'vn bout au marché
palu, de lautre bout à la rue de la lanterne.

En ladite rue est leglise sainct Denys de la
chartre.

Item en ladite rue est leglise de la magdaleine.

La rue de la lanterne. — D'vn bout à la rue de
la Juyfrie, de lautre bout à la place sainct
Denys de la chartre.

La rue gervais laurens. — D'vn bout à la rue
de la lanterne, de lautre bout à la rue de la
vieille draperie.

Le carrefour du marché palu deuant nostre
Dame de Paris.

Vne ruelle descendante du marché palu en la riuiere de Seine.

Vne ruelle pres lhostel Dieu descendant en ladite
Riuiere.

La rue neufve nostre Dame iusques au parvy.

La rue des xviii. — D'vn bout à la rue neufve
nostre Dame, de lautre bout à la rue sainct
Chrestophle.

Le parvy nostre dame ainsi qu'il se comporte.

La grand eglise nostre Dame de paris.

Leglise sainct Jehan le rond dedans le parvy
nostre Dame.

Le grand hostel Dieu de Paris. — D'vn bout à
la rue neufue nostre Dame, de lautre bout
au marché palu.

Item leglise saincte Geneuiefue des ardantz.

La rue sainct Crestophle. — D'vn bout à la porte
du cloistre nostre Dame, de lautre bout au
coing du marché palu.

En ladite rue est leglise sainct Crestophle.

Vne ruelle près la porte nostre dame.

La rue des champs rouziers. — D'vn bout à la
rue des Canettes, de lautre bout à la rue des
marmouretz.

La rue de la licorne. — D'vn bout à la rue
S. Crestophle, de lautre bout à la rue des
marmouretz.

La rue des Canettes. — D'vn bout à la rue de
la licorne, de lautre bout à la rue de parpignan.

La rue de parpignan. — D'vn bout à la rue des canettes, de lautre à la rue des marmouretz.

La rue des marmouretz. — D'vn bout à la rue de la Juyrie, de lautre bout à la porte du cloistre nostre Dame.

La rue sainct Siphorian. — D'vn bout à la place sainct Denys de la chartre, de lautre bout en la rue de glatigny.

En ladite rue est leglise sainct Siphorian.

La rue de Glatigny. — D'vn bout à la rue des marmouretz, de lautre bout sur la riuiere.

La rue des haulx molins. — D'vn bout à la rue des marmouretz, de lautre bout sur la riuiere.

La rue sainct Landry. — D'vn bout à la rue des marmouretz, de lautre bout au port S. Landry.

En ladite rue est leglise saint Landry.

Vne ruelle qui n'a qu'vn bout.

La rue de la coulombe. — D'un bout à la rue des marmouretz pres la porte, de lautre bout au port sainct Landry.

En ladite rue la chapelle de monsieur de paris et sainct Aygnen.

Le port hault landry tout au long ainsi qu'il se comporte.

Vne descente sur la riuiere à degrez.

Vne autre descente pres la porte sur la riuiere.

La rue S. pierre aux beufz. — D'vn bout à la

rue des marmouretz, de lautre bout à la rue
S. Crestophle.

En ladite rue est leglise S. pierre aux beufz.

Item en ladite rue leglise saincte marine.

La rue des hermites. — D'vn bout à la rue des
marmouretz, lautre bout à la rue du quo-
quatris.

La rue du Coquatris. — D'vn bout à la rue des
canettes, de lautre bout à la rue des hermites.

Le cloistre nostre dame ainsi qu'il se comporte
de tous costez.

Dedans le cloistre leglise sainct denys du pas
derriere nostre dame.

La chapelle des notaires en la sale de monsieur
de Paris.

Vne ruelle descendante sur la riuiere pres lhostel de monsieur de Paris.

Vne ruelle pres larchediacre de Paris descendant
sur la riuiere.

S ENSUYT la table du second quartier de
la ville de Paris, qui est l'vniuersité de
deça les ponts, commençant à la rue et
porte sainct Iacques, et les enuirons d'iceluy quartier finissent à la Rue des sept
voyes qui est deuant le college de Montagu, pour trouuer lesdites eglises et col-

leges, auec les rues et ruelles dudit quartier merque chascun en sa rue et les escolles de medecine et autres.

Premierement.

La grand rue sainct Iacques. — Commençant à la porte et finissant au carrefour sainct Seuerin.

En ladite rue est leglise S. Etienne des grecz.

Item leglise et college des freres prescheurs dit Iacobins.

Item leglise sainct benoist.

Item leglise des Mathurins.

Item leglise sainct Yues.

Item leglise sainct Seuerain.

Le college du plexis.

Le college de Mermotier.

La rue de la grande bretonneric. — Pres la porte, les deux boutz aboutissantz à la rue sainct Iacques.

La rue de la petite bretonnerie.

La rue S. Estienne des Grecz. — D'vn bout à la rue Sainct Iacques, de lautre bout à saincte Geneuiefue.

En ladite rue est le college de mont Agu.

Le college de lisieurs.

La rue des cholletz. — D'vn bout à la rue sainct estienne des grecz, lautre bout au college du mans.

En ladite rue est le college des cholletz.

Le college S. michel, autrement dit cenal.

Le college saincte barbe.

Le college du mans au dessoubz des cholletz.

La rue des cordiers. — D'vn bout à la rue sainct
Iacques, de lautre bout à la rue de Clugny.

En ladite rue est le college et chapelle de Clugny.

Le college des dixhuyt. — D'vn bout à la rue
des cordeliers, lautre bout à la rue des porées.

La rue de Clugny. — D'vn bout à la rue des cordiers, de lautre bout à la rue des porées.

La rue des porées. — D'vn bout à la rue sainct
Iacques, de lautre bout à la rue de la Herpe.

En ladite rue est le college et chapelle de Calvy,
aultrement dit petite sorbonne.

La rue de sorbonne. — D'vn bout à la rue des
porées, de lautre bout à la rue des Mathurins.

En ladite rue est le college et chapelle de sorbonne.

La rue du palays au terme, aultrement dit la
rue des massons. — D'vn bout à la rue des
porées, de lautre bout à la rue des Mathurins.

La rue breneuse. — D'vn bout à la rue sainct
Iacques, de lautre bout au clos bruneau.

Le cloistre sainct Benoist. — D'vn bout à la rue
sainct Iacques, de lautre bout à la rue des
Mathurins.

La rue sainct Iehan de latran. — D'vn bout à la rue sainct Iacques, de lautre bout au clos bruneau.

En ladite rue est leglise et college de sainct Iehan de latran.

Le college de Triguet.

Le college de Cambray.

Vne ruelle qui sapelle rue du sage, d'vn bout pres sainct benoist deuant les trois couronnes rue sainct Iacques.

La rue des Mathurins. — D'vn bout à la rue sainct Iacques, de lautre bout à la rue de la Herpe.

En ladite rue est la chapelle en la maison de Clugny.

La rue du foin. — D'vn bout à la rue sainct Iacques, de lautre bout à la rue de la Herpe.

La rue du bout de brie. — D'vn bout à la rue du foin, lautre bout à la rue de la parchemi-nerie.

En ladite rue est le college et chapelle de maistre Gervais chrestien.

La rue de la parcheminerie. — D'vn bout à la rue sainct Iacques, de lautre bout à la rue de la Herpe.

La ruelle qui va dans le cloistre S. Seuerin.

La rue des prestres. — D'vn bout à la rue de la parcheminerie, lautre bout au cymetiere S. Seuerain.

La rue des noyers. — D'vn bout à la rue sainct

Iacques, de lautre bout à la place Maulbert.

La rue des angloys. — D'vn bout à la rue des Noyers, de lautre bout à la rue galande.

La rue du plastre. — D'vn bout à la rue sainct Iacques, de lautre bout à la rue des angloys.

La rue sainct Iehan de beauuais. — D'vn bout à la rue des Noyers, de lautre bout au clos bruneau.

En ladite rue est leglise et college de sainct Iehan de beauuais.

Item les grandes et petites escoles de decret.

La rue des carmes. — D'vn bout à la rue des Noyers, de lautre bout au mont sainct Hilaire.

En la rue est la chapelle et college de presle.

La rue des lauandieres. — D'vn bout à la rue des noyers, de lautre bout à la place Maubert.

En ladite rue est le college cornualle.

Le carrefour sainct Seuerain. — D'vn bout à la rue sainct Iacques, de lautre bout à la rue de la Herpe.

La ruelle saillie en bien, d'vn bout à la rue sainct Seuerain.

La rue Sacalie. — D'vn bout à la rue sainct Seuerin, de lautre bout à la rue de la huchette.

La rue de la huchette. — D'vn bout à petit pont, de lautre bout au pont sainct Michel.

La rue bertetde descendant sur la riuiere.

Le petit pont, et derriere la bucherie ainsi comme il se comporte.

La place au poysson d'eaue doulce descendant sur la riuiere.

La rue de la Galande. — D'vn bout au carrefour S. Seuerin, de lautre bout à la place Maubert.

La rue de sainct Iulian le pauure. — D'vn bout à la rue de la galande, de lautre bout à la rue de la bucherie.

En ladite rue est leglise de sainct Iulian le pauvre.

Item leglise sainct Blaise.

La rue de la bucherie. — D'vn bout à petit pont, de lautre bout à la place Maubert.

En ladite rue sont les escolles de medecine.

Vne descente sur la riuiere.

Vne autre descente sur la riuiere.

La rue au feurre. — D'vn bout à la rue de la bucherie, de lautre bout à la rue Galande.

En ladite rue sont les grandes escolles des quatre nations de France, France, Picardie, Normandie et Allemaigne.

La rue des ras. — D'vn bout à la rue de la bucherie, de lautre bout à la rue Galande.

La rue des trois portes. — D'vn bout à la rue Galande, d'vn bout à la rue des ras, d'vn bout à la place Maubert.

La place Maubert depuis le paué jusques à la croix Hemon devant les Carmes.

En ladite rue est leglise et college des carmes.

La rue perdue. — D'vn bout à la place maubert, de lautre bout aux degrez sur la riuiere.

Le port et rue sainct Bernard, depuis le paué jusques à la tournelle sur la riuiere.

La rue de bieure. — D'vn bout à la croix Hemon deuant les carmes, de lautre bout aux degrez sur la riuiere.

Les Faulxbourgs sainct Victor, ainsi qu'ilz se comportent.

Ausdictz Faulxbourgs est leglise et Abbaye sainct Victor.

La rue sainct Victor, commencant à la porte et finissant au coing de labaye, sur les fossez sainct Victor, depuis la porte iusques à la Riuiere de Seine.

La grand Rue sainct Victor depuis la croix Hemon (autrement dit la croix des carmes) iusques à la porte de la ville.

En ladicte rue est leglise sainct Remy et college du Cardinal le moyne, la chapelle et college des bons enfans.

La rue de versaille. — D'vn bout à la rue sainct Victor, de lautre bout à la rue du champ gaillard.

La rue du meusier. — D'vn bout à la rue sainct Victor, de l'autre bout au champ gaillard.

La rue du bon puys. — D'vn bout à la rue sainct Victor, de lautre bout à la rue Suceraisin.

La rue Suceraisin. — D'vn bout à la rue du bon puys, de lautre bout au champ gaillard.

La rue de la teste noire et du pan. — D'vn bout

à la rue sainct Victor, de l'autre bout au champ gaillard.

La rue sainct Nicolas du chardonneret. — D'vn bout à la grand rue sainct Victor, de lautre bout au champ gaillard.

La rue des benardins. — D'vn bout à la grand rue sainct Victor, de l'autre bout sur la riuiere.

En ladicte rue est leglise et college des Benardins.

Item leglise de sainct Nicolas du chardonneret.

Le mont saincte Geneuiefue. — D'vn bout à la croix Hemon deuant les carmes, de lautre bout au puys d'en hault.

Item leglise et Abbaye de saincte Geneuiefue du mont, laquelle eglise fut jadis edifiée en l'honneur des deux Apostres S. Pierre et sainct Paul, et y est enterré le premier roy Chrestien nommé Clouis Roy de France fondateur de ladicte eglise, et est sa sepulture et monument au meillieu du cueur dudit lieu.

Item leglise sainct Estienne du mont qui est joignant ladicte eglise saincte Geneuiefue.

Le college de lavé Maria pres ladicte eglise de sainct Estienne.

La chapelle et college de Nauarre.

Le college de la Marche et chapelle.

Le college et chapelle de lan.

La rue du champ gaillard. — D'vn bout au mont

saincte Geneuiefue, de lautre bout à la rue
de versaille.

La rue Judas. — D'vn bout au mont saincte
Geneuiefue, de lautre bout à la rue des
carmes.

La rue du mont sainct Hylaire. — D'vn bout à
la rue des 7 voyes, de lautre bout à la rue des
charrettes.

En ladicte rue est leglise sainct Hylaire.

Le college et chapelle des lombars.

Le cloz Bruneau ainsi qu'il se comporte.

La rue descosse. — D'vn bout au mont sainct
Hylaire, de lautre bout à la rue des sept
voyes.

La rue des charrettes. — D'vn bout au clos bruneau, de lautre bout au college de Reims.

En ladicte rue est le college et chapelle de quo-
queret.

La rue des amendiers. — D'vn bout au mont
S. Geneuiefue, de lautre bout à la rue des
sept voyes.

La rue des sept voyes. — D'vn bout à la porte
saincte Geneuiefue, de lautre bout au mont
sainct Hylaire.

En ladicte rue est le college et chapelle de fou-
teret.

Le college et chapelle de Reims.

La rue de la porte bordelle. — D'vn bout au
puys saincte Geneuiefue, de lautre bout à
ladicte porte.

En ladicte rue est la chapelle et college de tournay.

La chapelle et college de boncourt.

La rue traversaine. — D'vn bout à la rue de la porte bordelle, de lautre bout à la rue du meusier.

En ladicte rue est le college des Allemans.

La rue des prestres. — D'vn bout à la rue de la porte bordelle, du bout au cymetiere S. Estienne.

Sur les fossez commençant à la porte bordelle, finissant à la porte sainct Victor.

La rue du puys de fer. — D'vn bout sur les fossez, de lautre bout à la rue sainct Victor.

La rue neufue. — D'vn bout sur les fossez, de lautre bout à la rue sainct Victor.

La rue maufetart. — Commençant à la porte bordelle et finissant au bout sainct Medard,

La rue de coppeaux. — D'vn bout à la rue maufetart pres la porte, de lautre bout à la rue sainct Victor.

La rue neufue d'Aberon. — D'vn bout à la rue maufetart, de lautre bout à sainct Victor.

La rue du pot de fer. — D'vn bout à la rue maufetart, de lautre bout à la rue des postes.

La rue sainct Marceau. — Commençant au pont pres sainct Medard et finissant à la porte aux champs.

En ladicte rue est leglise sainct Marceau.

Item est leglise sainct Medard.

Item est leglise sainct Ypolite.

Item leglise et monastere des Cordeliers.

Item la chapelle sainct Martin dedans sainct Marceau.

Item lhostel dieu sainct Marceau pres la faulce porte.

La rue de lorsigne. — D'vn bout au pont de la rue sainct Marceau, de lautre bout aux cordelieres.

En ladicte rue est lhopital S. Medard.

La rue de bourgongne. — D'vn bout à la rue de lorsigne, de l'autre bout à nostre dame des champs.

La rue des chartreux. — D'vn bout à la rue de lorsigne, de lautre bout au pont des gaubelins.

La rue sainct Ypolite. — D'vn bout au pont des gaubelins, de lautre bout à la rue sainct Marceau.

La rue D'orleans. — D'vn bout à la rue sainct Marceau, de lautre bout à la rue sainct Victor.

La rue du fer de moulin. — D'vn bout à la rue sainct Marceau, de l'autre bout à sainct Victor.

Trois ruelles d'un bout du costé de sainct Marceau pres le pont.

Les fauxbourgs sainct Michel.

Ausdictz fauxbourgs est leglise et monastere des Chartreux.

Sur les fossez depuis la porte sainct Michel jusques à la porte sainct Jacques.

La rue de la Herpe. — D'vn bout à la porte sainct Michel, de lautre bout à la rue de la vielle blaquerie.

En ladicte rue est leglise de sainct Cosme et sainct Damian.

Le college chapelle de Halecourt,

Le college et chapelle de Justice,

La chapelle et college des tresoriers,

La chapelle et college de Bayeulx,

La chapelle et college de Sees,

La chapelle et college de Darras,

La chapelle et college de Tours.

La rue des Cordeliers. — D'vn bout à la rue de la Herpe, lautre bout à la porte sainct Germain.

En ladicte rue est leglise et college des Cordeliers.

La chapelle et college de Boisy,

La chapelle et college dinville deuant sainct Cosme.

La chapelle et college de Bourgongne.

La rue des haultes fueilles. — D'vn bout à la rue des Cordeliers, de lautre bout à la rue sainct Andry des ars.

En ladicte rue est la chapelle et college des premonstrez.

La rue pierre Sarrazin. — D'vn bout à la rue des haultes fueilles, de lautre bout à la rue de la Herpe.

La rue percée dicte des deux portes. — D'vn
bout à la rue des haultes fueilles, de lautre
bout à la rue de la Herpe.

La rue du batouer. — D'vn bout à la rue des
haultes fueilles, de lautre bout à la rue de
Lesperon.

En ladicte rue est le college et la chapelle Mignon.

La rue de la Serpente. — D'vn bout à la rue
des haultes fueilles, de lautre bout à la rue
de la Herpe.

La rue Poupée. — D'vn bout à la rue des
haultes fueilles, de lautre bout à la rue de la
Herpe.

La rue des poitevins. — Dv'n bout à la rue des
haultes fueilles, de lautre bout à la rue de
petit pet.

La rue de petit pet. — D'vn bout à la rue des
poitevins, de lautre bout à la rue du batoil.

La rue derriere sainct Andry des ars. — D'vn
bout au pont sainct Michel, de lautre bout
à la porte neufue de Busy.

En ladicte rue est leglise de sainct Andry des ars.

La chapelle et college d'Athum.

La rue de la vielle bouquelerie. — D'vn bout à
la rue de la Herpe, de lautre bout au coing
de la rue de la huchette.

La rue de mascon. — D'vn bout à la rue de la
vielle bouquelerie, de lautre bout à la rue
sainct Andry des ars.

La rue des Augustins tout au long de la riuiere depuis le pont sainct Michel jusques en
Néelle.

En ladicte rue est leglise et college des Augustins.

La petite Néelle ainsi qu'elle se comporte.

La rue Gille le cueur. — D'vn bout à la rue des
Augustins, de l'autre bout à la rue sainct
Andry des ars.

La rue de Larondelle. — D'vn bout au pont
sainct Michel, de lautre bout à la rue Gilles
le cueur.

La rue pauée d'andoilles. — D'vn bout à la rue
des Augustins, de lautre bout à la rue sainct
Andry.

La rue de l'abbé sainct Denys. — D'vn bout à
la rue des Augustins, de lautre bout à la rue
sainct Andry près la porte de Busy.

En ladicte rue est la chapelle et college sainct
Denys.

La rue de lesperon. — D'vn bout à la rue
sainct Andry, de lautre à la rue de la maison de Reims.

La rue de la maison de Reims. — D'vn bout à
la rue de lesperon, de lautre bout à la rue
de la chapelle Mignon.

La rue de la chapelle Mignon. — D'vn bout à
la rue du batouer, de l'autre bout à la
maison de Reims.

La rue de larchevesque de Rouen. — D'vn bout

à la maison de Reims, de lautre bout à la
porte sainct Germain.

Sur les fossez sainct Germain depuis la porte
iusques à la riuiere.

Sur les fossez sainct Germain depuis la porte
iusques à la porte sainct Michel.

La rue de Vaulgirard. — D'vn bout sur les
fossez, de lautre bout à Vaulgirard.

La grand rue sainct Germain, depuis la porte
tout au long iusques au pillory.

En ladicte rue est leglise et abbaye de sainct
Germain.

L'eglise sainct Supplice.

La chapelle sainct pere et la maladerie.

La rue neuue. — D'vn bout à la rue sainct Germain, de lautre bout à la rue de Vaulgirard.

La rue des mauvais garsons. — D'vn bout à la
rue sainct Germain, de lautre bout sur la
riuiere.

La rue deuant le pillory, d'vn bout et l'autre
sur la riuiere.

La rue de Viracouble. — D'vn bout à la rue
sainct Germain, de l'autre bout au coing de
sainct Supplice.

La rue des jardins pres sainct Supplice.

Entre les deux portes sainct Iacques.

Les fauxbourgs sainct Iacques depuis la porte
tout au long.

Ausditz fauxbourgs est leglise et monastere de
nostre dame des champs.

L'eglise et hospital sainct Iaques du hault pas.

L'hostel dieu de nostre dame des champs pres la faulse porte.

La rue des Mariolettes. — D'vn bout aux faulxbourgs S. Iacques, lautre bout à sainct Marceau.

La rue du sensonnet à la croix. — D'vn bout au faulxbourg S. Iacques, l'autre bout à sainct Marceau.

Les fossez depuis la porte sainct Iacques, iusques à la porte bordelle.

La rue des poteries sur les fossez.

La rue des postes depuis le coing de bracque iusques à saint Marceau.

La rue du puys qui parle. — D'vn bout de lautre bout.

S ENSUYT la table du troisieme quartier de la ville de Paris, qui est la place de Grefue, sainct Anthoine, sainct Martin, et les enuirons d'iceluy quartier, commençant sur le pont nostre Dame, et finissant à la place aux veaulx, et l'escorcherie : et pour trouver les Eglises, et Rues et Ruelles auecques les aboutissantz de chascune rue.

Et premierement.

Le pont nostre dame depuis un bout iusques à l'autre.

La rue de la tennerie. — D'vn bout à la place de mibray, de lautre bout à la place de grefue.

Vne ruelle descendante sur la riuiere.

Vne autre ruelle descendante sur la riuiere.

La rue des recommanderesses. — D'vn bout à la rue de la tennerie, de l'autre bout à la rue de la vannerie.

La ruelle allant aux chambres de maistre Hugues.

Vne autre ruelle descendant sur la riuiere.

La rue et place de mibray. — D'vn bout au pont nostre Dame, de lautre bout à la haulte vannerie.

La rue de la haulte vannerie. — D'vn bout à la place de mibray, de lautre bout à la vannerie.

La rue de la vannerie. — D'vn bout à la haulte vannerie, de l'autre bout à la place de grefue.

La place de grefue ainsi comme elle se comporte.

A ladite place est la chapelle du sainct Esprit.

La rue sainct Iehan en grefue. — D'vn bout à la place de grefue, de lautre bout à l'orme sainct Geruais.

En ladite rue est leglise sainct Iehan en grefue.

La rue du martel sainct Iehan. — D'vn bout deuant l'eglise sainct Iehan, de l'autre bout à la rue de la mortellerie.

La rue de la mortellerie. — D'vn bout à la place de grefue, de l'autre bout à lavé Maria.

En ladite rue est l'eglise des Hauldriettes femmes veufues.

En ladite rue est leglise et couuent des Religieuses de lavé Maria.

La rue sur la riuiere tout au long depuis Grefue iusques à l'hostel de Sens.

En ladite rue de la mortellerie. La ruelle des hauldriettes descendant sur la riuiere.

Item la ruelle du port sainct Geruais, descendant sur la riuiere.

Item la ruelle du port au bled, descendant sur la riuiere.

Item la ruelle au coing de la porte dorée, descendant sur la riuiere.

Item la ruelle pour aller aux moulins de malivault sur l'eaue.

Item la ruelle du port au foing descendant sur la riuiere.

Item la rue sainct Geruais, ainsi comme elle se comporte.

L'eglise sainct Geruais, pres la porte baudais.

Lospital sainct Geruais pres ladite eglise S. Geruais.

La rue de long pont. — D'vn bout à lorme
sainct Geruais, lautre bout à la rue de la
mortellerie.

La rue guernier sur l'eau. — D'vn bout à la rue
des Barres, de lautre bout à la rue Geoffroy
lasnier.

La rue Geoffroy lasnier. — D'vn bout à la rue
sainct Antoine, de l'autre bout à la mortellerie.

La rue putigneuse, d'un bout à la rue Geoffroy
lasnier.

Vne descente sur la riuiere.

Vne autre descente sur la riuiere.

La rue des nonnains daerre. — D'vn bout à la
rue de la mortellerie, de lautre bout à la rue
de iouy.

Vne descente sur la riuiere.

La rue du figuier. — D'vn bout à la rue de la
mortellerie, de lautre bout à la rue de jouy.

Item la descente sur la riuiere deuant l'hostel
de Sens.

Vne descente deuant lavé Maria sur la riviere.

La rue des faulconniers. — D'vn bout à la rue
de la mortellerie, de lautre bout à la rue de
iouy.

La rue des iardins. — D'vn bout à la rue des
barrieres, de l'autre bout à la rue de iouy.

La rue des barrieres. — D'vn bout à lavé
Maria, de lautre bout à la porte des Celestins.

Vne descente deuant sainct Paul sur la riviere.

La rue S. Paul. — D'vn bout à la rue des barrieres, de lautre bout à la rue sainct Anthoine.

En ladicte rue est l'eglise sainct Paul.

La rue de iouy. — D'vn bout à la rue sainct Paul, de lautre bout à la rue sainct Anthoine.

La rue de la petite musse. — D'vn bout à la rue des barrieres, de lautre bout à la rue sainct Anthoine.

En ladicte rue est l'eglise et monastere des Celestins.

Les fauxbourgs sainct Anthoine.

Item ausdicts fauxbourgs est l'eglise et monastere de sainct Anthoine des champs.

La grand rue sainct Anthoine. — D'vn bout à la bastille, de lautre à la porte Baudays.

En ladicte rue est leglise et monastere de saincte Katerine du vau des escoliers.

Item l'eglise de sainct Anthoine le petit.

La rue de Ian beausire. — D'vn bout à la porte sainct Anthoine, de lautre bout à la porte du temple.

La rue des balles. — D'vn bout à la rue sainct Anthoine, de lautre bout à la rue du roy de cecile.

La rue percée. — D'vn bout à la rue sainct Anthoine, de lautre bout à la rue de Iouy.

Vne ruelle deuant sainct Anthoine, d'un bout, etc.

La rue Ientiron. — D'vn bout à la rue sainct
Anthoine, de lautre bout à la rue du roy de
cecile.

La rue regnault le febure. — D'vn bout à la rue
sainct Anthoine, l'autre bout à la rue au roy
de cecile.

La vieille rue du temple. — D'vn bout à la rue
sainct Anthoine, de lautre bout sur les fossez.

La rue charon. — D'vn bout à la vieille rue du
temple, de lautre bout au cymetiere S. Ian.

La rue du roy de cecile. — D'vn bout à la vielle
rue du temple, de lautre bout à la rue des
balais.

La rue de maudetour. — D'vn bout à la rue
du roy de cecile, de lautre bout à la rue des
roziers.

La rue des escouffles. — D'vn bout à la rue du
roy de cecile, de lautre bout à la rue des roziers.

La rue des iuifz. — D'vn bout à la rue du roy
de cecile, de lautre bout à la rue des roziers.

La rue du petit Marivault. — D'vn bout à la
rue du roy de cecile, de lautre bout à la rue
polis pres la porte de Bracque.

La porte de Bracque ainsi qu'elle se comporte.

La rue des rosiers. — D'vn bout à la vielle rue
du temple, de lautre bout à la rue des Iuifz.

Vne ruelle qui est au coing de la rue aux Iuifz
qui n'a qu'un bout.

La rue de la bretonnerie. — D'vn bout à la

vieille rue du temple, de lautre bout à la rue de la barre du bec.

En ladicte rue est l'eglise et monastere des religieux de saincte Croix.

La rue des blancs manteaux. — D'vn bout à la rue saincte Avoye, de lautre bout à la vieille rue du temple.

En ladicte rue est l'eglise et monastere des religieux des blancs manteaux.

La rue des singes. — D'vn bout à la rue des blancs manteaux, de lautre bout à la rue de la bretonnerie.

La rue du puys. — D'vn bout à la rue des blancs manteaux, de lautre bout à la rue de la bretonnerie.

Vne ruelle du costé des blancs manteaux deuant monsieur de sainct Mesmin,

La rue de l'homme armé. — D'vn bout à la rue des blancs manteaux, de lautre bout à la rue de la bretonnerie.

La rue du plastre. — D'vn bout à la rue de l'homme armé, de lautre bout à la rue du temple.

La rue de la chapelle de Bracque. — D'vn bout à la rue des blancs manteaux, de lautre bout à la rue porte foing,

En ladicte rue est la chapelle de Bracque.

Vne ruelle deuant ladicte chapelle d'un bout, etc.

La rue de paradis. — D'vn bout à la rue de Bracque, de lautre bout à la porte barbette.

La rue des poulles. — D'vn bout à la vieille rue du temple, de lautre bout aux petis marmotz.

La rue des quatre filz Hemon. — D'vn bout à la vieille rue du temple, de l'autre bout à la traverse cadier.

La rue porte foin. — D'vn bout à la traverse cadier et la chapelle de Bracque, de lautre bout à la rue pastourelle.

La rue des haudriettes. — D'vn bout à la traverse cadier, de lautre bout à la rue de lechelle du temple.

La porte baudais ainsi qu'elle se comporte.

La rue de la tissarrenderie. — D'vn bout à la porte baudais, de lautre bout au carrefourg Guillory.

La rue des mauvais garsons. — D'vn bout à la rue de la tissarrenderie, de lautre bout à la rue de la verrerie

Le cloistre sainct Ian ainsi qu'il se comporte. Deux rues en la tissarrenderie, et une au cheuet sainct Ian.

Item la descente dedans le sainct esperit et respondant en la place de greue.

La rue du coq. — D'vn bout au carrefourg Guillory, de lautre bout à la rue de la verrerie.

Le carrefourg Guillory depuis le coing iusques au coing de la coutellerie.

La rue du mouton au coing du carrefourg Guillory descendant en greue.

La rue de la poterie. — D'vn bout à la rue de la Tissarenderie, de lautre bout à la rue de la verrerie.

La rue des coquilles. — D'vn bout à la tissarrenderie, de lautre bout à la rue de la verrerie.

La rue Ian de lespine. — D'vn bout à la rue de la vanerie, lautre bout au coing de la coutellerie.

La rue de la coutellerie. — D'vn bout à la haulte vanerie, lautre bout au coing de la coutellerie.

La rue Ian pain mollet. — D'vn bout à la rue Ian de lespine, de lautre bout à la rue des assis.

La rue de la tacherie. — D'vn bout à la rue Ian pain mollet, de lautre bout à la rue de la coutellerie.

La rue sainct bon. — D'vn bout à la rue Ian pain mollet, de lautre bout en la rue de la verrerie.

En ladicte rue est l'eglise sainct Bon.

La rue de lanterne. — D'vn bout en la rue sainct Bon, de lautre bout en la rue des assis.

La rue des Assis. — D'vn bout au coing de la haulte vanerie, de lautre bout au coing de la rue des lombars.

La rue des escripuains. — D'vn bout à la rue des assis, de lautre bout à la pierre au lait.

En ladite rue est leglise de sainct Iacques de la boucherie.

La rue de marivaulx. — D'vn bout à la rue des escripuains, de lautre bout en la rue des lombars.

La rue des prestres. — D'vn bout à la rue de marivaulx, de lautre bout à la vieille monnoye.

La rue des Lombars. — D'vn bout à la rue sainct Martin, de lautre bout à la rue sainct Denys.

La rue Guillaume Iosse. — D'vn bout à la rue des lombars, de lautre bout à la rue Troucevache.

La rue de la verrerie. — D'vn bout à la rue sainct Martin, de lautre bout au cymetiere sainct Iehan.

La rue du regnard qui pesche. — D'vn bout à la rue de la verrerie, de lautre bout à la rue neufue sainct Marry.

La rue des billettes. — D'vn bout à la rue de la verrerie, de lautre bout à la rue de la Bretonnerie.

En ladicte rue est leglise et college des religieux des billettes.

Vne ruelle d'vn bout en la verrerie deuant la rue des billettes.

La rue Andry malet. — D'vn bout à la rue de la verrerie, de lautre bout à la rue de la Bretonnerie.

Le vieux cymetiere sainct Iean. — D'vn bout à la porte Baudetz, d'vn bout en la rue de Bourtibour, d'vn bout en la rue de la verrerie.

La rue de Bourtibour. — D'vn boult au vieulx cymetiere sainct Ian, de lautre bout à la rue de la verrerie.

La rue neufue sainct Marry. — D'vn bout à la rue sainct Martin, de lautre bout à la barre du bec.

Vne ruelle deuant la corne de cerf, d'vn bout en la rue neufue sainct Marry.

La rue de la barre du bec. — D'vn bout à la rue neufue sainct Marry, de lautre bout à la rue de la verrerie.

Le cloistre sainct Marry. — D'vn bout à la rue sainct Martin, d'un bout à la verrerie, d'un bout à la rue neufue sainct Marry.

La rue brise miche taille pain et baille bon. — D'vn bout à la rue neufue S. Marry et les deux autres boutz au cloistre sainct Marry.

La rue de la baudrayrie. — D'vn bout à la rue neufue sainct Marry, de lautre bout à la rue de la fontaine Maubué.

La rue pierre au laict. — D'vn bout à la rue de la baudrayrie, de lautre bout à la rue neufue S. Marry.

La rue de la fontaine Maubué. — D'vn bout à la rue de la baudrayrie, de lautre bout à la rue S. Marry.

La rue geoffroy lengevin. — D'vn bout à la rue saincte avoye, de lautre bout à la rue de beaubourg.

Vne ruelle deuant le petit pan, d'vn bout, etc.

La rue de beaubourg. — D'vn bout à la rue Simon le franc, de lautre bout au coing de la rue grenier sainct ladre.

La rue Simon le franc. — D'vn bout à la rue de beaubourg, l'autre bout à la rue du Temple.

La rue de la bloquerie. — D'vn bout en la rue de beaubourg, l'autre bout à la rue sainct Martin.

La rue aux menestriers. — D'vn bout à la rue de beaubourg, lautre bout à la rue sainct Martin.

La rue de cul de sac, d'vn bout à la rue de beaubourg, etc.

La rue des petits champs. — D'vn bout à la rue de beaubourg, lautre bout à la rue S. Martin.

La rue de sainct Iulian. — D'vn bout à la rue de beaubourg, lautre bout à la rue sainct Martin.

La rue des estuves aux femmes. — D'vn bout à la rue de bourtibourt, de l'autre bout à la rue S. Martin.

La rue du temple et le carrefour. — D'vn bout à la rue neufue sainct Marry, de lautre bout au coing de la rue Simon le franc.

La rue saincte Avoye. — D'vn bout au coing

de la rue Simon le franc, de lautre bout à la rue des bouchiers.

En ladite rue est la chapelle de S. Avoye.

En ladite rue est leglise du temple ou est nostre dame de Lorette.

La rue des bouchiers. — D'vn bout à la rue du temple, de l'autre bout à la chapelle de Braque.

Vne ruelle pres l'eschiquier, d'vn bout à la rue du temple, etc.

La rue pastorelle. — D'vn bout à la rue du temple, de lautre bout à la rue porte foing.

La rue des graueliers. — D'vn bout à la rue du temple, de lautre bout à la rue sainct Martin.

La rue du vert boys. — D'vn bout à la rue du temple, de lautre bout à la rue sainct Martin pres la porte.

La rue des fontaines. — D'vn bout à la rue du temple, de lautre bout à la rue au maire.

La rue de fripaulx. — D'vn bout à la rue du temple, de l'autre bout à la rue Serpillon.

La rue chappon. — D'vn bout à la grand rue du temple, de lautre bout à la rue de trasse nonnain.

La rue de la court au villain. — D'vn bout à la rue du temple, de lautre bout à la rue trasse nonnain.

La rue de serpillon. — D'vn bout à la rue au mire, de lautre bout à la rue sainct Martin.

La rue michel le compte. — D'un bout à la rue
du temple, de lautre bout à la rue grenier
sainct Ladre.

La rue au mire. — D'vn bout à la rue des fontaines, de l'autre bout à la rue sainct Martin.

La rue trasse nonnain. — D'vn bout à la rue
au mire, de lautre bout à la rue de beaubourg.

Les faulxbourgs sainct Martin ainsi qu'il se
comportent.

Ausdictz Faulxbourgs est leglise sainct Laurens.

La grand rue sainct Martin. — D'vn bout à la
rue des assis, de lautre bout à la porte sainct
Martin.

En ladite rue est leglise, monastere et college
de sainct Martin des champs.

Item leglise sainct Nicolas des champs.

Item leglise sainct Iulian le menestrier.

Item leglise sainct Marry.

La rue guerin boysseau. — D'vn bout à la rue
sainct Martin deuant la fontaine, lautre
bout à la rue sainct Denis pres la fontaine la
royne.

La rue de grenetal. — D'vn bout à leschelle
sainct Magloire, lautre bout à la rue sainct
denys.

La rue de la plastriere. — D'vn bout à la rue
de grenetal, de lautre bout en Heurleu.

La rue du petit Heurleu. — D'vn bout à la rue
de grenetal, de lautre bout en Heurleu.

La rue du bourg labbé. — D'vn bout à la rue de grenetal, de lautre bout à la rue aux ours.

La rue de Heurleu. — D'vn bout à la rue sainct Martin, de lautre bout au bourg labbé.

La rue du cymetiere sainct Nicolas. — D'vn bout à la rue sainct Martin, de lautre bout à la rue trasse nonnain.

La rue de montmorency. — D'vn bout à la rue sainct Martin, de lautre bout à la rue trasse nonnain.

La rue du grenier sainct ladre. — D'vn bout à la rue sainct Martin, de lautre bout à la rue michel le compte.

La rue aux ours. — D'vn bout à la rue sainct Martin, de l'autre bout à la rue sainct Denis.

La ruelle derriere sainct Leu et sainct Giltes, d'vn bout à la rue aux ours, etc.

La rue de Quinquempoy. — D'vn bout à la rue aux ours, de lautre bout à la rue aubry le boucher.

La rue bretaulx qui dort. — D'vn bout à la rue Quinquempoit, de lautre bout à la rue sainct Martin.

Vne ruelle en quinquempoit deuant la rue bretaulx qui dort, d'vn bout, etc.

La rue aubry le boucher. — D'vn bout à la rue sainct Martin, de lautre bout à la rue sainct Denis.

En ladite rue est leglise sainct Iosse.

La rue des cinq diamans. — D'vn bout à la rue aubry le boucher, lautre bout à la rue haumart et vieille conrairie.

La rue de venise. — D'vn bout à la rue des V diamans de lautre bout à la rue sainct Martin.

La rue haumart et vieille conrairie. — D'vn bout à la rue des V diamans, de lautre bout à la rue des lombars.

La rue de la vieille monnoye. — D'vn bout à la rue des lombars, de lautre bout à la pierre au lait.

La pierre au lait ainsi qu'elle se comporte.

La rue de la savonnerie. — D'vn bout à la pierre au lait, de lautre bout à la rue sainct Iacques de la boucherie.

La rue sainct Iacques de la boucherie. — D'vn bout à la porte de Paris, de lautre bout à la vannerie.

La rue du porche sainct Iacques. — D'vn bout en ladite rue, de lautre bout à leglise.

La rue de la place aux veaulx. — D'vn bout à la rue sainct Iacques de la boucherie, de lautre bout au bout du pont nostre Dame.

La rue de lescorcherie ainsi qu'elle se comporte.

La rue pied de bœuf. — D'vn bout à lescorcherie, l'autre bout à la porte de Paris deuant la boucherie.

La ruelle de la vieille tennerie descendant à
   lescorcherie.
Cy fine le troisieme quartier de la ville de Paris,
   qui est la place de greve, sainct Anthoine
   et sainct Martin.

S ENSUYT la table du quatriesme quartier
   de la ville de Paris, qui est la grand rue
sainct Denys, les Halles et sainct Germain de Lauxerrois, auec les environs dudict quartier, commençant à la porte de
Paris, et finissant à la megisserie au coing
de la vallée de misere, et pour trouuer les
eglises, rues et ruelles de Paris marquées
chascun en sa rue.

Et premierement.

Les faulxbourgs sainct Denys ainsi qu'ilz se
   comportent.
Ausdictz faulxbourgs est leglise de la maladerie.
Item la chapelle des martirs, en allant à montmartre.
Item leglise et monastere des religieuses de
   montmartre.
La porte de Paris et le tour de la boucherie
   ainsi qu'elle se comporte.
La rue du chat blanc deuant la boucherie du
   costé de sainct Iacques.

La grand rue sainct Denis. — Depuis la porte de Paris iusques à la porte de sainct Denys.

En ladite rue est leglise saincte Opportune.

Item leglise et hospital de saincte Catherine.

Item leglise et cymetiere de sainct Innocent.

Item leglise et chanoinerie du Sepulchre.

Item leglise et abbaye de sainct Magloire.

Item leglise de sainct Leu et sainct Gilles.

Item leglise et hospital sainct Iacques.

Item leglise de la Trinité.

Item leglise sainct Saulveur.

Item la chapelle des filles Dieu, ou il y a des religieuses qui donnent aux malfaicteurs la croix à baiser, et de l'eau benitte, pain et vin, dont ilz mengent trois morceaulx quand on les meine pendre à la justice.

La rue perrin gasselin. — D'vn bout à la rue sainct Denys, de lautre bout à la rue des lavandieres.

La rue de la haucherie. — D'vn bout à la rue perrin gasselin, de lautre bout au cloistre saincte Opportune.

La rue d'Avignon. — D'vn bout à la rue sainct Denis, de lautre bout à la rue de la savonnerie.

La rue iehan lotier le compte. — D'vn bout à la rue d'Avignon, de lautre bout à la rue de la heaumerie.

La rue de la heaulmerie. — D'vn bout à la rue sainct Denis, de lautre bout à la pierre au laict.

La rue de la Tabletterie. — D'vn bout à la rue
sainct Denis, de lautre bout au cloistre saincte
Opportune.

Le cloistre saincte Opportune. — Deux boutz à
la rue sainct Denys, et lautre à la Tabletterie.

La rue des vifz, d'vn bout deuant saincte Opportune en la rue sainct Denys, etc.

La rue de trouce vache. — D'vn bout à la rue
sainct Denys, de lautre bout à la rue des
cinq diamans.

La rue de la ferronnerie. — D'vn bout à la rue
sainct Denys, de lautre bout à la place aux
chatz.

Le cymetière des sainctz Innocentz.

La rue au ferre. — D'vn bout à la rue sainct
Denys, de lautre bout à la halle aux porées.

La rue de la cossonnerie. — D'vn bout à la rue
sainct Denys, de lautre bout à la halle au
poisson.

La rue aux prescheurs. — D'vn bout à la rue
sainct Denys, lautre bout à la halle aux marées.

La rue du signe. — D'vn bout en la rue des
prescheurs, de lautre bout à la petite truanderie.

La rue de la chanuoyrrerie. — D'vn bout à la
rue sainct Denys, de lautre bout à la rue du
signe.

La rue de la grande truanderie. — D'vn bout à

la rue sainct Denys, lautre bout à la rue de la contesse Dartoys.

La rue de petonnet. — D'vn bout à la grande truanderie, de lautre bout deuant le pilory des Halles.

La halle au pin tironnet en teronne. — D'vn bout à la grande truanderie, de lautre bout à la porte sainct Iacques de l'hospital.

La rue de merderet. — D'vn bout à la grande truanderie, de lautre bout à la rue de mon-torgueil.

La rue de la petite truanderie. — D'vn bout à la grande truanderie, de lautre bout à la rue du signe.

La rue de maudetour. — D'vn bout à la rue saint Denys, de lautre bout à la halle au pin tironnet en teronne.

La rue mauconseil. — D'vn bout à la rue sainct denys, lautre bout à la rue de la contesse Dartois.

Le cloistre de l'hospital sainct Iacques ainsi qu'il se comporte.

La rue traversant dedans l'hostel de Bourgongne. — D'vn bout à la rue de mauconseil, de lautre bout à la rue du petit lyon.

La rue du petit lyon. — D'vn bout à la rue sainct Denys, de lautre bout à la rue des deux portes.

La rue de la salle du compte. — D'vn bout à la rue sainct Denys, pres la porte aux painctres, de lautre bout en la rue du bourg labbé.

La rue du regnard. — D'vn bout à la rue sainc Denis, deuant la Trinité, de lautre bout à la rue des deux portes.

Vne ruelle pres la Trinité, d'vn bout à la rue Sainct Denis, etc.

La rue sainct saulveur. — D'vn bout à la rue sainct Denis, de lautre bout à la rue de montorgueil.

La rue des deux portes. — D'vn bout à la rue sainct Denis, de lautre bout à la rue du petit lyon.

La rue tire vit, alias tire boudin. — D'vn bout à la rue des deux portes, de lautre bout à la rue de montorgueil.

La rue pauée contre l'hostel de Bourgongne. — D'vn bout à la rue de montorgueil, de lautre bout à la rue des deux portes.

La rue de beau repaire. — D'vn bout à la rue des deux portes, de lautre bout à la rue de montorgueil.

La rue de montorgueil. — D'vn bout à la porte de bourgongne, de lautre bout sur les fossez ou viennent les chasses marées.

En ladite rue est l'hospital sainct Eustache.

La rue et porte de la contesse Dartois. — D'vn bout à la porte de l'hostel de Bourgongne, de lautre bout à la poincte sainct Eustache.

La poincte sainct Eustache, ainsi qu'elle se comporte.

En ladite place est leglise et paroisse sainct Eustache.

La rue de la toillerie. — D'vn bout à la poincte S. Eustache, de lautre bout à la rue sainct Honoré.

La rue de la frommagerie. — D'vn bout à la toillerie, de lautre bout à la halle aux porécs.

La halle au bled, ainsi qu'elle se comporte.

La halle au fruict, ainsi qu'elle se comporte.

La Fripperie, ainsi qu'elle se comporte.

La toillerie, ainsi comme elle se comporte.

La rue de la halle aux porées. — D'vn bout au coing de la cossonnerie, de lautre bout au coing de la rue au feurre.

La rue soubz les pilliers, depuis le coing de la cossonnerie tout au tour.

La rue de la lingerie. — D'vn bout au coing de la rue au feurre, lautre bout à la place aux chatz.

Plusieurs rues neufues que l'on fait ou souloit estre le ieu de paulme des halles, etc.

La rue de montmartre. — D'vn bout à la poincte S. Eustache, de lautre bout à la porte de montmartre.

En ladite rue est leglise sainte Marie l'Egyptienne, ou l'on met les recluses.

La rue des vieulx augustins. — D'vn bout à la rue de montmartre, de lautre bout à la rue breneuse.

La rue de la plastriere. — D'vn bout à la rue de

·· . montmartre, de lautre bout à la rue de grenelle.

La rue breneuse. — D'vn bout à la rue de la plastriere, lautre bout sur les fossez de la ville.

La place aux chatz, ainsi qu'elle se comporte pres sainct Innocent.

Les faulxbourgs sainct Honoré ainsi que ilz se comportent.

Ausdictz faulxbourgs est la chapelle de la Magdaleine, qu'on apelle la ville levesque.

Item ausditz faulxbourgs est une maladerie et chapelle qu'on appelle le Roule.

La grand rue sainct Honoré. — D'vn bout à la place aux chatz pres saint Innocent, de lautre bout tout au long iusques à la porte.

En ladite rue est leglise sainct Honoré, et leglise des quinze vingtz aveugles que le Roy de France saint Loys fonda en l'honneur de S. Remy Archeuesque de Reims.

La rue des bourdonnoys. — D'vn bout à la rue sainct Honoré, de lautre bout au coing de la rue betigy.

La rue de la limace. — D'vn bout à la rue des bourdonnois, lautre bout à la rue des deschargeux.

La rue de mauvaise parolle. — D'vn bout à la rue des bourdonnoys, de lautre bout à la rue des lavandieres.

La rue de Betigy. — D'vn bout à la rue des

Bourdonnoys, lautre bout à la rue de larbre sec.

La rue des deschargeux. — D'vn bout à la rue de mauvaise parolle, de lautre bout à la rue de la cordonnerie.

La rue de la cordonnerie. — D'vn bout à la rue des deschargeux, de lautre bout au cloistre saincte Opportune.

La rue tire chape. — D'vn bout à la rue sainct Honoré, de lautre bout à la rue de Betigy.

La rue des prouelles. — D'vn bout à la rue sainct Honoré, de lautre bout deuant sainct Eustace.

La rue des escus. — D'vn bout à la rue des prouelles, de lautre bout à la rue dorleans.

La rue du four. — D'vn bout à la rue sainct Honoré, de lautre bout à la rue des deux escus.

La rue de la vielle. — D'vn bout à la rue du four, de lautre bout à la croix neufue.

La rue de la brahangue et pressoer du bret. — D'vn bout à la rue sainct Honoré, de lautre bout à la croix neufue.

La rue des estuues. — D'vn bout à la rue sainct honoré, de lautre bout à la croix neufue.

La rue des deux haches. — D'vn bout à la rue des estuues, de lautre bout à la rue dorleans.

La rue dorleans. — D'vn bout à la rue sainct honoré, de lautre bout à la croix neufue.

En ladite rue est leglise et monastère des filles repenties.

La rue du sejour. — D'vn bout à la rue de montmartre, de lautre bout à la croix neufue.

La croix neufue, ainsi comme elle se comporte.

La porte coquilliere depuis la porte iusques sur les fossez.

La rue des francz bourgeois. — D'vn bout à la rue plastriere, de lautre bout sur les fossez.

La rue de grenelle. — D'vn bout à la rue de la plastriere, dé lautre bout à la rue sainct honoré.

La rue poil de con. — D'vn bout à la rue de grenelle, de lautre bout à la rue des petis champs.

La rue des petis champs. — D'vn bout à la rue sainct honoré, de lautre bout sur les fossez tout au long.

Le cloistre sainct honoré. — D'vn bout à la rue sainct honoré, de lautre bout à la rue des petis champs.

La ruelle des bons enfans pres sainct honoré.

Vne ruelle deuant la rue fremanteau, en la rue sainct honoré, d'vn bout, etc.

La rue du coq. — D'vn bout à la rue sainct honoré, de lautre bout à la rue de beauvais.

La rue de beauuais. — D'vn bout à la rue du coq, de lautre bout à la rue de fremanteau.

La rue de champ fleury. — D'vn bout à la rue

de beauuais, de lautre bout à la rue sainct honoré.

La rue du chantre. — D'vn bout à la rue de beauuais, de lautre bout à la rue sainct honoré.

La rue Iehan S. Denis. — D'vn bout à la rue de beauuais, de lautre bout à la rue sainct honoré.

La rue de frementeau. — D'vn bout à la rue sainct honoré, lautre bout à la rue qui est sur la riuiere.

La court sainct Nicolas, ainsi comme elle se comporte pour l'heure.

En ladite court est leglise et college de sainct Nicolas du louvre.

La rue sainct Thomas. — D'vn bout à la rue S. honoré, lautre bout tout au long iusques à la riuiere.

En ladite rue est leglise de sainct Thomas du louure.

Item lallée depuis la tour sur les fossez, depuis le marché aux moutons iusques aux lices pres le chasteau du louure.

La rue de lautruche. — D'vn bout à la rue sainct Honoré, de lautre bout au chasteau du louure sur la riuiere.

En ladite rue est la chapelle de monsieur de Bourbon contre le logis de Villeroy pres le chasteau du louure et la chapelle du roy dedans ledict chasteau.

La rue des polies. — D'vn bout à la rue sainct
Honoré, de lautre bout aux fossez S. Germain.

La rue Daueron. — D'vn bout à la rue des
polies, de lautre bout à la rue de larbre sec.

La rue Iehan tiron. — D'vn bout à la rue
daveron, de lautre bout à la rue des fossez
S. Germain.

La rue de larbre sec. — D'vn bout à la rue
sainct Honoré, de lautre bout à l'escolle et
port sainct Germain lauxerroys.

En ladite rue la grand eglise de sainct Germain
lauxerroys.

Le cloistre sainct Germain lauxerroys. — D'vn
bout à la rue de larbre sec, d'un bout à la rue
gloriette, de lautre bout à l'escolle et port
sainct Germain.

La rue du coq de baston. — D'vn bout à la rue
de larbre sec, de lautre bout aux fossez sainct
Germain.

La rue des fossez de sainct Germain lauxerroys.
— D'vn bout à la rue de larbre sec, de
lautre bout à la rue des polies devant le
logis de Villeroy.

La rue gloriette. — D'vn bout aux fossez sainct
Germain, de lautre bout deuant le cloistre
sainct Germain.

La rue baillet. — D'vn bout à la rue de larbre
sec, de laultre bout à la rue de la monnoye.

Vne ruelle pres le gros tournoys, d'vn bout à la rue de l'arbre sec, etc.

L'escolle sainct Germain, ainsi qu'elle se comporte.

La grand rue sainct Germain, depuis l'escolle iusques à la porte de paris.

La rue du porc au foing descendant sur la rivière.

La rue de la monnoye. — D'vn bout à la rue sainct germain, de lautre bout à la rue de betigy.

La rue de la trauerse dedans la monnoye. — D'vn bout à la rue de la monnoye, de lautre bout à la rue Thibault oudet.

En ladite trauerse est la chapelle de la monnoye.

Vne ruelle pres de ladite monnoye d'vn bout, etc.

La rue thibault oudet. — D'vn bout à la rue sainct germain, de lautre bout à la rue des bourdonnois.

La rue des estuues aux femmes. — D'vn bout à la rue sainct germain, de lautre bout sur la riuiere.

La rue bertin porée. — D'vn bout à la rue sainct germain, de lautre bout à la rue des deux boulles.

La rue des deux boulles. — D'vn bout à la rue bertin porée, de lautre bout à la rue des lavandieres.

La rue Iehan loutier. — D'vn bout à la rue bertin porée, de lautre bout à la rue des lavandieres.

La rue des coulongnes. — D'vn bout à la rue sainct germain, de lautre bout à la megisserie.

Vne ruelle en pres, descendant à la megisserie.

La rue des deux portes. — D'vn bout à la rue sainct germain, de lautre bout à la rue Iehan loutier.

En ladite rue est la chapelle des orfeures.

La rue des haultes brieres. — D'vn bout à la rue sainct germain, de lautre bout à la megisserie.

La rue des lauandieres. — D'vn bout à la rue sainct germain, de lautre bout à la rue de la cordonnerie.

Labruvoir popin. — D'vn bout à la rue sainct germain, de lautre bout à la riuiere.

La rue deuant la maison du grand cornet pres labruvoir popin. — D'vn bout à la rue sainct germain, de lautre bout à la rue perrin gasselin.

La rue de la petite sonnerie. — D'vn bout à la rue sainct Germain, de lautre bout au coing de la vallée de ioye.

La valée de misere. — D'vn bout au coing du pont aux meusniers, de lautre bout au carrefour des bouticles.

La vallée de pie. — D'vn bout deuant sainct

Geoffroy, de lautre bout au quarrefourg des bouticles.

Lallée par deuant sainct Geoffroy. — D'vn bout deuant la vallée de ioye, de lautre bout sur le pont au change.

Item leglise de sainct Geoffroy audit lieu pres chastelet.

Le quarrefourg des bouticles au poisson, ainsi qu'il se comporte.

La rue de la pierre au poisson. — D'vn bout à la vallée de ioye, de lautre bout à la porte de paris.

La megisserie tout au long de leaue. — D'vn bout au carrefour de bouticles, de lautre bout à lescolle sainct Germain.

FIN DES RUES, RUELLES,

esglises, colleges et chapelles
de la ville de Paris.

Pour scauoir combien il y a de rues à chascun des quartiers de la ville de Paris. Et premierement le quartier de la cité d'icelles rues. xxxij.

Item des eglises et chapelles en la cité. xxxij.

Item petites ruelles d'vn bout et descentes. xij.

Le deuxiesme quartier qui est l'vniuersité et les faulxbourgs des rues. c. xij.

Item les eglises, chapelles d'iceluy quartier. xxxij.

Item les colleges chascun à sa chapelle non comprins auec les autres dessusdictes. xlvij·

Item les petites ruelles d'vn bout. xj.

Le troisiesme quartier qui est la place de grefve, sainct Antoine, et sainct Martin, des rues. c. xxxix.

Item les eglises et chappelles dudit quartier. xxv.

Item les petites ruelles d'vn bout. xxxv.

Le quatriesme quartier qui est la rue sainct Denys, les halles, sainct Germain de lauxerroys, nombre des rues. c. xij.

Item les eglises, chapelles dudit quartier. xxvij.

Item le college et chapelle sainct Nicolas du louvre. j.

Les petites ruelles d'vn bout. xv.

Somme toutes des rues de Paris ayant deux boutz, tant en la cité qu'en l'vniuersité, le quartier de grefue, sainct Antoine, sainct Martin, la rue sainct Denys, les halles, sainct Germain de lauxerroys, et partie des faulxbourgs d'icelle ville de Paris, et à cause que tous les jours on edifie ausditz faulxbourgs, lesdites rues ne sont encores nommées, les autres sont cy nommées, jusques au nombre de cccc-iiii-xx-xv. comme appert cy dessus.

Item le nombre des petites ruelles d'vn bout avec les descentes, montent à lxiii. qui est en toutes rues et ruelles cccc-lxviii.

Le nombre des eglises et chapelles desdictz quartiers de la ville et faulxbourgs de Paris, sans comprendre les colleges ne leurs chapelles, iusques au nombre de cent et vn.

Le nombre des colleges, auec leurs chapelles tant d'vn costé que d'autre, au nombre de xlviii. sans les escolles de medecine, les escolles de decret, grandes et petites, les escolles des quatre nations de france : C'est à sçauoir France, Picardie, Normandie et Allemaigne chascune marque en leurs rues.

FIN DES ANTIQUITEZ DE PARIS

avec les noms des rues, Esglises,
Colleges, et chapelles de
la ville de Paris.

VARIANTES

DE LA PREMIÈRE ÉDITION

DE

LA FLEUR DES ANTIQUITEZ

DE PARIS.

(Paris, Denys Janot, 1532, in-16.)

Le titre de cette 1re édition porte *plus-que noble,* au lieu de *noble.*

Le privilége, annoncé sur le titre de cette 1re édition : *cum privilegio,* est imprimé au verso.

En voici la copie exacte :

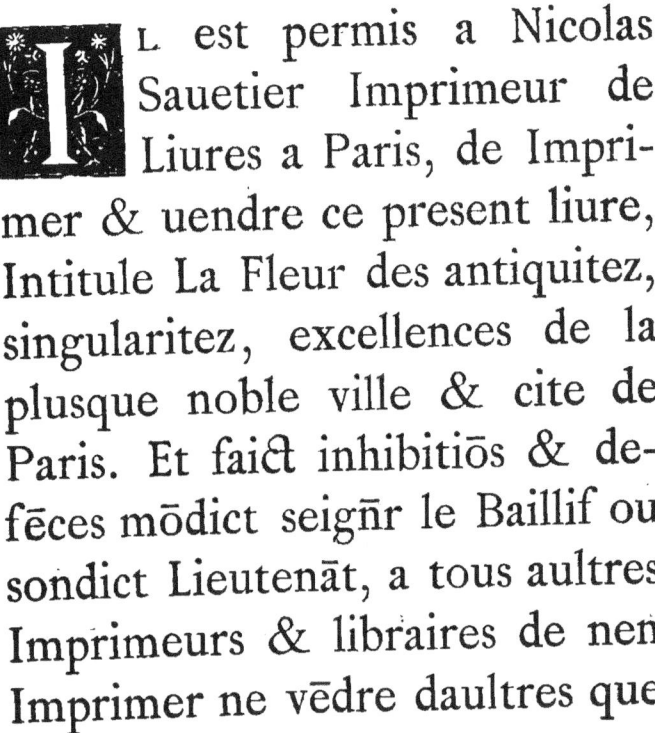 DE LORDONNAN-
ce de monsieur le Bail-
lif de Paris ou
son Lieute-
nant.

IL est permis a Nicolas Sauetier Imprimeur de Liures a Paris, de Imprimer & uendre ce present liure, Intitule La Fleur des antiquitez, singularitez, excellences de la plusque noble ville & cite de Paris. Et faict inhibitiōs & defēces mōdict seigñr le Baillif ou sondict Lieutenāt, a tous aultres Imprimeurs & libraires de nen Imprimer ne vēdre daultres que ceulx que ledict Nicolas Sauetier aura imprimez, iusa vng an. Sur peine de confiscatiō desditz liures qlz aurōt imprimez ou faict imprimer, & damende. ꝶ Faict le. xix. iour de Mars. Mil cinq cens. xxxi.

Ainsi signe   I. Morin.

Nous suivrons la pagination de notre réimpression faite sur la seconde édition, pour indiquer les principales variantes de la première, sans tenir compte des différences d'orthographe ou des fautes d'impression :

Page 4, ligne 5 : qui *pourtant* est entre les vertueux...

Id., lig. 19 : depuis ces mots *avec certains*, la fin du paragraphe manque dans la 1ʳᵉ édition, et il se termine par la devise de G. Corrozet : *Plus que moins.*

Pag. 5, lig. 8 : la 1ʳᵉ édition met *de*, au lieu de *par*.

Pag. 6, lig. 7 : *Roummains,* au lieu de *Romains.*

Pag. 7, lig. 16 : le dixain est précédé du mot *Lacteur.*

Pag. 8, lig. 16 : le mot *doulceur* se trouve entre les mots *amenite* et *serenite.*

Pag. 9, lig. 14 : le huitain est précédé du mot *Lacteur,* et le cinquième vers est ainsi composé :

> Ediffia chose certaine.

Pag. 10, lig. 11 : *aura,* au lieu du mot latin *aethra;* lig. 12 : *quantumlibet,* au lieu de *quælibet.*

Id., dernière ligne : le vers commence ainsi :

> Rose du monde...

Pag. 11, lig. 17 : le vers se termine ainsi :

> ... et richesse oportune.

Pag. 12, lig. 11 et suivantes : les mots suivants, que nous mettons en italiques, *qui a ceste cause estoit nommee Yseos* et *a celle cite de Melun,* manquent dans la 1ᵗᵉ édition.

Id., lig. 17 et suivantes : après les mots *pareille a celle cite,* le reste du paragraphe est remplacé, dans la 1re édition, par ce qui suit : « C'est assavoir meleun ou est adoree la deesse Ysis. Lesquelles opinions me semblent toutes faulces et hors de verite, & nest la probation assez suffisante tant quil semble que ladicte cite na aultre tiltre dantiquite et noblesse que de porter son nom ou en partie d'une idole, ce qui nest a croyre pour ce quil est dit sans auctorite descripture. »

Pag. 13, lig. 18 : *Trallus,* au lieu de *Troilus.*

Pag. 14, lig. 15 : le mot *troyen* manque dans la 1re édition.

Pag. 15, lig. 2 : *bonne,* au lieu de *boue.*

Pag. 16, lig. 6 : *Boissy,* au lieu de *Roissy.*

Pag. 17, lig. 7 : *et dans,* au lieu de *dedens.*

Pag. 18, lig. 19 : depuis ces mots *et pouoit venir,* jusqu'à la huitième ligne de la page suivante, après ces mots *trois parties,* tout le passage est remplacé par celui-ci dans la 1re édition :

« Quant il eut este long temps deuant ladicte cite de Paris sans riens faire, il fist semblant de soy retraire et lever son siege et sen alla droict à la ville Iuifve, qui a droict parler Ville Iulive est appellee et comme le cappitaine de Paris dist aux Parisiens que la departie de Labienus nestoit que faintise, ne le voulurent croire, mais de leur ost firent trois parties et poursuyvirent... »

Pag. 19, lig. 14 : les cinq mots suivants : *mais par subtilité et cautelle* manquent dans la 1re édition.

Id., lig. 21 : le huitain est précédé du mot *Lacteur.*

Pag. 20, lig. 17 : *Prouins* est écrit *Prouains* dans la 1re édition.

Pag. 21, dernière ligne : *dixhuyt,* au lieu de *vingt-huyct.*

Pag. 22, lig. 6 : ces trois mots *pres les Mathurins* manquent.

Id., lig. 8 : *treu,* au lieu de *tribut.*

Pag. 24, lig. 23 : *treuz,* au lieu de *tri-*

butz; lig. 24 : *prestation*s, au lieu de *em-pruntz.*

Pag. 26, lig. 24 : *ce fust* est ajouté dans la 2ᵉ édition.

Pag. 27 : le sixain est précédé du mot *Lacteur,* dans la 1ʳᵉ édition.

Id., lig. 7 : le commencement de ce paragraphe est différent dans la 1ʳᵉ édition :

« Les Parisiens vivans ainsi quil est dit soubz le gouuernement des Rommains furent longtemps sans riens faire dont il soit faict memoire... »

Pag. 28, lig. 15 : *a luy,* au lieu de ces mots : *deuant tous.*

Pag. 29, lig. 8 : le sixain est précédé du mot *Lacteur.*

Pag. 31, lig. 1 : *treize centz,* au lieu de *douze centz.*

Id., lig. 2 : *estoit encommencee,* au lieu de *avoit este ediffiee.*

Id., lig. 12 : ce quatrain est précédé du mot *Lacteur,* dans la 1ʳᵉ édition.

Pag. 32, lig. 24 : ce sixain est précédé du mot *Lacteur,* dans la 1ʳᵉ édition.

Pag. 34, lig. 9 : depuis ces mots **sinon**

que les, la phrase manque dans la 1re édition.

Pag. 35, lig. 24 : le mot *scotus* manque dans la 1re édition.

Pag. 36, lig. 12 : les deux alinéas suivants ne se trouvent pas dans la 1re édition.

Pag. 41, lig. 12 : ce huitain est précédé du mot *Lacteur,* dans la 1re édition.

Pag. 42, lig. 6 : *et qu'il soit vray*, dans la 1re édition.

Id., lig. 17 : dans les deux premières éditions, il y a *monseigneur*, au lieu de *monsieur*, que nous avons imprimé, comme l'indiquait la mesure du vers.

Pag. 43, lig. 21 : le paragraphe manque dans la 1re édition.

Pag. 44, lig. 1 : ce quatrain est précédé du mot *Lacteur*, dans la 1re édition.

Id., lig. 5 : Le paragraphe manque dans la 1re édition.

Pag. 45, lig. 2 : à partir de ces mots *au temps duquel*, le paragraphe manque dans la 1re édition.

Id., lig. 8 : *Apres luy*, au lieu de ces mots *Après ledict Loys le Gros*, dans la 1re édition.

Id., dernière lig. : la phrase qui commence par *Lan mille quatre vingtz* manque dans la 1re édition.

Pag. 46, lig. 16 : *vers le mont*, dans la première édition, au lieu de *au mont*.

Pag. 47, lig. 3 : la phrase qui commence par *Ainsi la fit clore* manque dans la 1re édition.

Id., lig. 10: la 1re édition ajoute *a Paris*.

Pag. 48, lig. 3 : les deux derniers vers manquent dans la 1re édition.

Id., lig. 16 : ce quatrain est précédé du mot *Lacteur*, dans la 1re édition.

Pag. 49, lig. 15 : dans la 1re édition les mots suivants manquent : *ou il donna plusieurs grans biens, la maison des quinze vingtz.*

Pag. 50, lig. 2 : la phrase qui commence par *Marguerite* manque dans la 1re édition.

Id., lig. 17 : Le paragraphe manque dans la 1re édition.

Id., lig. 22 : le dixain est précédé du mot *Lacteur*, dans la 1re édition.

Pag. 51, lig. 15 : après ces mots *du roy*

sainct Loys, il y a : *et des autres roys*, dans la 1re édition.

Id., lig. 16 : la phrase qui commence par le mot *Pareillement* manque dans la 1re édition.

Id., lig. 18 : au lieu de ces mots *ledict roy se tint à Paris,* on lit dans la 1re édition : « Et se tint ledit roy communement au Temple, a Paris... »

Pag. 52, lig. 9 : le quatrain est précédé du mot *Lacteur*, dans la 1re édition.

Id., lig. 23 : le paragraphe est ajouté dans la 2e édition.

Pag. 53, lig. 4 : le quatrain est précédé du mot *Lacteur* dans la 1re édition.

Id., lig. 9 : ce qui suit à partir de ces mots *Et mena* est ajouté dans la 2e édition jusqu'à la fin de la page, et la phrase qui commence le paragraphe continue ainsi dans la 1re édition : *et luy succeda.*

Pag. 54, lig. 10 : au lieu de *en France,* il y a *de France* dans la 1re édition.

Id., lig. 21 : la phrase qui commence *Il fit aussi* n'est pas dans la 1re édition.

Pag. 55, lig. 1 : le quatrain est précédé du mot *Lacteur*, dans la 1re édition.

Id., lig. 21 : il y a *faictz tout de pierre*, dans la 1re édition.

Pag. 57, lig. 1 : la phrase commençant par *Lan mil* a été ajoutée dans la 2e édition.

Id., lig. 7 : le sixain est précédé du mot *Lacteur*, dans la 1re édition.

Id., lig. 14 : *broulle*, au lieu de *trouble*.

Pag. 58, lig. 21 : ce quatrain est précédé du mot *Lacteur*, dans la 1re édition.

Pag. 59, lig. 6 : la première phrase de ce paragraphe ne se trouve pas dans la 1re édition.

Pag. 61, lig. 17 : il y a *le dernier jour de may*, dans la 1re édition.

Pag. 62, lig. 2 : cette ligne et le bout de ligne qui suit manquent dans la 1re édition.

Id., lig. 9 : tout ce paragraphe est ajouté dans la 2e édition.

Pag. 63, lig. 18 : *centz trente ung*, au lieu de *centz trente troys*.

Pag. 64, lig. 1 : *Lacteur*, au lieu de

Laucteur. — Dans la 1re édition, ces vers sont suivis de la devise de **G.** Corrozet : *Plus que moins.*

Pag. 67, dernière lig. : dans la 1re édition, cette pièce de vers est terminée par la devise de **G.** Corrozet et suivie immédiatement du chapitre de seize pages, intitulé : *Les Genealogies du noble Francus,* etc., lequel a été placé dans la 2e édition, à la suite des noms de rues, églises et colléges de Paris, qui n'existent pas dans la 1re édition.

TABLE

du present traicte intitule la fleur
des antiquite⁊ et singularite⁊
de Paris.

ₗFIN DE LA TABLE.

ACHEVÉ D'IMPRIMER
Sur les presses de EUGÈNE HEUTTE et Cⁱᵉ
Typographes
A SAINT-GERMAIN EN LAYE
Le 3 décembre 1874.

Pour LÉON WILLEM, Libraire
A PARIS.

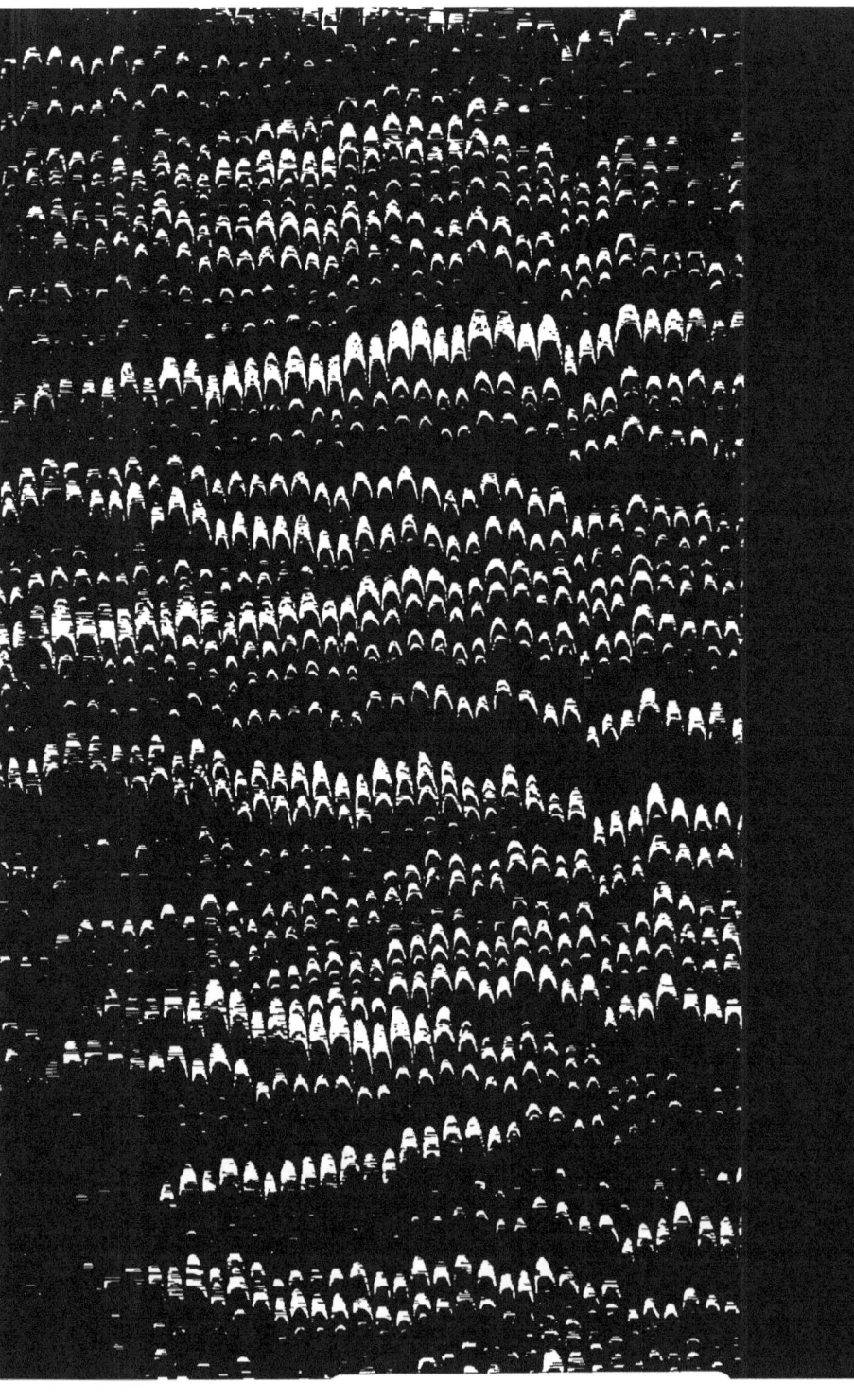

www.ingramcontent.com/pod-product-compliance
Lightning Source LLC
Chambersburg PA
CBHW051820020726
47502CB00005B/1541